覇剣の皇姫アルティーナ

ALTINA the Sword Princess

レジス
アルティーナ

ジェローム
クラリス

なにが起きたのか、
レジスは訳もわからず立ちすくんでしまった。
アルティーナが背中を向けたまま話す。
「まいったわ、ちょっと前から、
だんだんキツくなってきちゃって。
もしかして太ったのかしら？
あたし的には育ったと思いたいんだけど。
今朝も絞めるのに苦労してたのよ。
紐、結んでちょうだい」

「コ、コルセットの!?」
「……えっ!?」

今度は双方が同時に間合いを詰めた。
ジェロームの連続した突きを、
アルティーナが大剣でもって弾く。

巨大な鉄の塊が、細い腕でもって
木の枝のように素早く振られる姿は、
まるで不出来な演劇でも見せられて
いるかのように現実感がなかった。

ALTINA
the Sw incess
"I trust you" Altina and The bibliophagic boy face difficulties together.

覇剣の皇姫アルティーナ

むらさきゆきや

FB
Famitsu Bunko
ファミ通文庫

LTINA

目次《もくじ》

illust.himesuz

Sword Princess

ゲルマニア連邦
ヴァーデン大公国
シエルク砦
100Li
テュオンヴェル
帝都ヴェルセイユ
ベルガリア帝国

0
20
40
NE
60
80
E
100
120
SE
140
160
180
S
200
220
SW
240
260
W
280
300
NW
320
340

辞　　令

レジス・オーリック　五等文官　殿

貴下に『バイルシュミット辺境連隊』への転属を命ずる。

帝国暦八五十年十二月十三日

ベルガリア帝国第一軍司令官
アレン・ドウ・ラトレイユ大将

第一章 ◆ 赤髪紅瞳の少女

鉛色の雲が垂れこめていた。

辺境に左遷《ことば》される辞令を受け取った日も、こんな空だったな――とレジスは思い出す。

視線を地上へと戻すと、空は同じでも街並みは帝都とまるで違っていた。

煉瓦《れんが》と大理石と街灯を懐かしむわけではないが、土壁石壁ばかりの街並みは、どこか牢獄めいて見える。

辺境都市テュオンヴェル。

帝都から一〇〇Li《リュー》（四四四㎞）も離れ、馬車で五日もかかる。

街は昼間だというのに薄暗くて、風は痛いほど冷たい。辺境だからではなく、曇りで北国で冬だから仕方ないのだが、先行きを暗喩するようであった。

僕は失敗したのだろう――とレジスは思う。

主を失い、立場を失い、将来を失い、こんな北の最前線まで飛ばされたのだから。

「まぁ、いいさ……出世ばかりが人生じゃない。むしろ、これで読書の時間が増やせるというものだ」

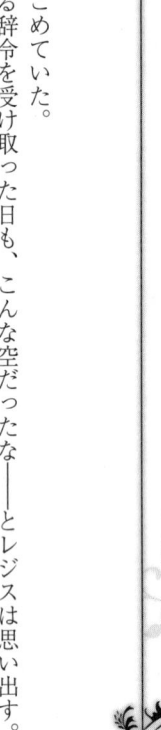

隊商《キャラバン》が街に着いたとき、ちょうど教会が正午の鐘を鳴らした。

同行していた人々が食事処を求めて散っていくなか、レジスが向かったのは、およそ昼食とは無縁な店だった。陳列窓《ショーウインドー》に本が飾られている。

木戸を押して石壁の建物に踏み入ると、本棚がならんでおり、紙とインクの匂いが満ちていた。

「――ああ、本があれば、私は自由であり、そこは我が家となる」

出典『ブルゴーニュ紀行』著者キュエール・ロメロス――と心の中で付け足す。

レジスは読書家を自称しているが、実際のところは偏執的愛書家《le rat de bibliothéque》であった。

新入荷《C'est nouveau》の案内がある棚を熱心に見つめる。

唇をわななかせた。

「ど、どういうことだ……⁉」

「おや？　なにかありましたかね、軍人さん？」

店の奥にあるカウンターから髭面《ひげづら》の店主が話しかけてきた。頬の刀傷といい筋骨隆々の体つきといい、書店員というより士官学校の教官といった風体だが。

気圧《けお》されつつもレジスは尋ねる。

「キュエール先生の新刊がないんだ。ルドッセル伯爵のも、イルーエ教授の本も……まさか売れてしまったのか？　いくら大人気《だいにんき》とはいえそんなひどい」

「軍人さん、中央から来ましたかね？」

「ああ、さっき帝都から着いたばかりだけど……」

「じゃあ、知らないのも無理はないですがね。この街じゃそういう本は売れないんで、ほとんど入荷しないんですよ」

「……な、ん……だっ……て？」

レジスは砂漠で水を求める遭難者のごとき声を出してしまった。

一瞬にして、喉《のど》が渇《かわ》ききっている。

店主が首をすくめた。冗談を言っているわけではなさそうだ。

「ここは戦地ですからね。売れるのは英雄譚《えいゆうたん》とポルノばかりですよ。ああ、こいつが、ウチのベストセラーかな」

指差されたのは『後悔しない遺書の書き方』だった。

嫌だ！　とレジスは頭を抱える。

「ちょ、ちょっと待ってくれ……あの有名な大作家の新刊が入らないだって？　本当にここはベルガリア帝国領内なのか？　僕は間違えて蛮族の集落に来てしまったんじゃないだろうね？」

「まぁ、五十年前は隣国の土地でしたがね」

「ううぅ……しかも、この値段はどうなってるんだ？　帝都の十倍以上だなんて……」

ようやく読みたい本を見つけて、手に取ったレジスだが、もう泣きそうな顔になっていた。

髭面の店主が淡々と説明する。

「まぁ、本は重いですからね。最近は街道に野盗も出るし、運んでくるのも一苦労です。そのうえ、買う客も少ない……この辺境じゃ、まだまだ書籍は上流階級の嗜好品《しこうひん》なんですよ」

「なんてことだ！」

「すみませんね……」

店主の手が、レジスの持っている本に伸びてくる。

あわてて抱き寄せた。

「ま、待て待て、買わないとは言ってない……‼」

「えっ⁉　本気ですかい？　見たところ、まだお若い軍人さんだ。値を付けた俺が言うのもなんですがね……失礼ながら、週給がブッ飛ぶんじゃゃないですか？」

「ぐううぅ……ここは、地獄だ……」

レジスはうめいた。

そのとき――店主が「うおっ⁉」と妙な声をあげ、目を丸くする。

視線を追いかけてレジスは振り返った。

店の戸口に、背後から外の光を受けて少女が立っている。

燃えるような赤い髪と宝石《ルビー》のごとき紅い瞳《ひとみ》をもつ美しい少女だった。歳は十三か十四だろうか。幼さの残る顔立ちにもかかわらず、その容姿は視線を捕らえて放さない。思わず見とれてしまうほどだった。

唇の前に、人差し指を立てている。

――静かに？　どうして？　どういう意味がある？

書店に他の客が来るのは不思議でも珍しいことでもない。それなのに、レジスは妙に動揺してしまっていた。

少女が指をおろして薄紅色の唇を開く。

「最前線に派遣されて、戦場で地獄だと嘆《なげ》く新兵は多いけれど、本屋さんで言ったのはあなたが初めてだと思うわ」

涼やかな声だった。

そして、快活な笑みを浮かべる。

「ようやく会えたわね！　あなたが、レジス・オーリック五等文官でしょ？」

「え？　あ、僕？」

「違うの⁉」

「いえ、はい！　僕がレジス……です」

「よかった～。人違いだったらどうしようかと思ったわ」

安堵《あんど》の笑みには、年相応のあどけなさがあった。

レジスの頬が熱くなる。

目の前にいる少女が美しいから――ではない。そうではなく。明らかに年下の少女に

名前を呼ばれたくらいで、うろたえてしまった自分のみっともなさに恥じ入ってのことだ。

「あれ？　名前……どうして僕のことを？」

「当然、迎えに行く相手の名前くらい覚えてるわよ。子供だと思ってバカにしないで」

「いやいや、そんなつもりは……そうか、迎えだったのか」

レジスは少女のことを改めて眺める。

茶色いローブをはおり、その下には革ズボンとブーツが見えている。荷馬車の御者《ぎょしゃ》によくある格好だ。

「砦《とりで》からの迎えってことは、君も軍人なのか？」

「あら、そう見える？」

「いや……まさかな。未成年だろう？」

「そうね、十四歳になったばかり」

ベルガリア帝国では十五歳からが成人と見なされる。未成年者は、よほどの例外がないかぎり軍人に採用されない。

「なるほど、日雇いされた荷馬車の御者ってところか……砦へは駅馬車を使うつもりだったんだけどな。迎えをくれるなんて、ずいぶんと厚待遇だ」

「うれしい？」

「……早く働け、と言われてる気がして滅入る」

「ふふ、意外と正直者ね」

「僕は嘘が嫌いだよ」

「そうなの？　でも、あなた——軍師なんでしょう？」

少女の紅玉《こうぎょく》の瞳が見つめてくる。

レジスは四歳も年下の彼女に、言い得ぬ迫力を感じた。

「……まぁ、そんなふうに言う人もいるけど……僕は軍図書館の司書になりたかったんだ」

「おもしろそうな話ね。続きは馬車で聞こうかしら」

「ああ……」

なんとなく息苦しさを感じ、レジスは首もとを指先で引いて緩めた。

少女が外へとうながす。

「さあ、急ぎましょう。雲が重たいわ、雪が降るかも」

「そうだね……あ、忘れてた！」

外に向かいかけたレジスだったが、気がついて店主のところへ戻る。カウンターのうえに本の代金を置いた。

「これ買わせてもらうよ……ん？　どうかしたのか、店主？　顔色が悪いぞ？」

「いや、平気です。まいど、軍人さん」

理由はわからないが、髭面の店主は両手で口元を押さえてうつむいていた。なにかを我慢している様子だ。

少女が険しい表情をして、レジスに近づいてきた。

「あなた、もしかしてバカなの⁉」

「な、なんだ、急に……？」

「この辺境じゃ本は贅沢《ぜいたく》すぎる道楽よ。そんな大金を出すなんて、よっぽどのお金持ちかバカだわ！」

「そりゃまぁ、自分を賢いと思ったことはないけど……知識欲は人間を人間たらしめる誇《ほこ》るべき性質であり、その欲求にしたがい本を読むのは、僕の生き方だ。いかなる障害があろうとも……金がなかろうともだな、読書をあきらめるのは、人生をあきらめるのと同じだ、と思う」

言ってしまってから——子供相手にムキになって恥ずかしい、とレジスは口をつぐんだ。

少女が意外なほど真剣な表情になる。

深くうなずいた。

「人生をあきらめるのと同じ、か……そうね。そういうことなら理解できるかも。あたしも……」

「あたしも……？」

「なんでもない！　行きましょう！」

「あ、ああ」

レジスは買ったばかりの本を小脇にかかえ、荷物をつかんで少女を追うように書店から出た。

店の軒先《のきさき》に一頭立ての小さな幌馬車が駐めてある。

焦げ茶色の痩せた馬が、こちらを見た。

腰の高さにある御者台に、少女が長い髪をなびかせて飛び乗る。

「ほら、早く乗って！」

「うん……あ、ところで、君の名前はなんていうんだ？」

レジスは彼女を見上げて尋ねた。

相手の目つきが剣呑になる。少女が声を低くして、区切るように一言一言をはっきりと口にする。

「置いていくわよ？」

レジスはあわてて御者台によじのぼった。

タイミングが悪かったらしい。

†

ガラガラガラ……と木製の車輪が土の街道を踏む。

辺境都市を囲む石壁、その北門を抜けた。最前線であるシエルク砦へと向かう。

御者台には、手綱《たづな》をつかんだ少女が座っていた。

右隣でレジスは荷物をかかえている。

後ろ側は幌のかかった荷台になっており、どうやら材木や煉瓦が積まれているようだ。

「――で、あたしの名前?」

「うん。どう呼んだらいいんだ?」

「そうねえ……」

少女が形のいいあごに、ごわごわした革手袋の指先を当てて思案する。

考える必要のあることだろうか? とレジスはいぶかしむ。

彼女が真横に結んでいた口元を緩めた。

「うん。あたしのことは、アルティーナと呼んでいいわ」

「もしかして、偽名?」

そう思うほど間があったから訊いたのだが、失敗だったらしい。アルティーナと名乗った少女が眉をしかめる。

「……失礼ね……素敵な愛称じゃないの。特別に許してあげようと思ったのに、やっぱりやめようかしら」

「ごめん、ごめん。アルティーナって呼ばせてもらうよ!」

「まぁ、どうしてもって言うなら許してあげる」

「ふぅ〜……あなたって本当に軍人っぽくないわよね」

「どうしても」

「はは、自覚はしてる」

レジスが苦笑すると、つられるようにしてアルティーナも微笑《ほほえ》んだ。

左右には小麦畑が広がっている。まだ冬なので、下草のような小さな苗がならんでいるばかりだ。

世界は灰色の空と土色の大地の二色《ビコロール》に塗りたくられていた。

前を向いたままアルティーナが話しかけてくる。

「ねぇ、あなた、ここへは志願したわけじゃないのよね？」

「僕の希望は軍隊に入る前からずっと軍図書館の司書だよ。そもそも、軍人になったのだって生活費と本を買う金に困ったからだし……そういえば、シエルク砦に図書室はあるかい？」

「いずれ、あなたの部屋が、そう呼ばれそうね」

「ああ、神はないのか」

「……それ紙と神を掛けてるわけ？　つまらないわ」

「かかか掛けてなんかないよ」

「あなた、前の部隊でなにをしたの？」

「なんだい？　僕の軍人としての存在意義に対する問題提起かな」

「そうじゃなくて。なにをしたせいで、こんな最前線の辺境送りになったのかって話」

「敗戦の責任ってことらしい」

「自分では納得してるわけ？　あなたは若くて下級士官だわ。部隊の指揮権すらなかったのに責任を取らされるだなんておかしいじゃない。なにがあったの？」

レジスは視線を遠くへと投げる。

苗のならぶ小麦畑。

地平線の向こうには、起伏のある山々が見えていた。

「……いい人だったんだ」

「誰が？」

「前の主がね。僕は剣も乗馬もダメで士官学校じゃ落ちこぼれだった。そんな落第生を雇ってくれたのが、テネゼ侯爵だった」

「落ちこぼれ？　士官学校で軍略は負けなしって噂を聞いたわ」

「意外と物知りだな。誰から聞いたのやら……まぁ、噂なんて尾ヒレがつくものさ……軍略だけは評点を稼げたけど、あれはチェスみたいなものだからね」

「でも、テネゼ侯はチェスの相手ではなく軍師としてあなたを雇ったのでしょう？」

「数いる参謀《さんぼう》の末席だよ。学校を出たときは、まだ十五歳だったし、いわゆる見習いってやつ」

「末席だろうと見習いだろうと貴族でもないのに若くして幕僚《ばくりょう》だなんて、すごいと思うけど……不満だったの？」

「まさか！　僕を雇ったのは侯爵の気まぐれだったかもしれない……それでも大変な恩義を感じてるんだ。今でも」

だからこそ、別れを思うと目頭が熱くなる。

レジスは手に持っていた荷物を、ぎゅっと摑む。

革鞄がひしゃげた。

「……侯爵は、僕を必要だと言ってくれた。それなのに……僕は、あの人を、見殺しにしたようなものだ」

自分が発したとは思えないほど重たくて低い声だった。

アルティーナが表情を固くする。

「たしか、テネゼ侯は夏頃の会戦で――」

「ああ……」

日雇いの御者にしては、ずいぶんと詳しいな、とレジスは思った。戦地だから戦局に関心が強いのか、アルティーナが変わり者なのか、あるいは別の理由があるのか。

「見殺しって？　どういうこと？」

「僕の主観になる……」

「あなたの主観が聞きたいの。噂話じゃなく、あなた自身から話を聞くために、あたしは…………ねぇ、話してくれない？」

しばし考えた。

まだ道中は長い。隠すようなことでもないだろう、どうせ軍法会議で洗いざらいしゃべって帝都の週刊新聞にも出たことだ。

あの夏の日のことは――

掛けられた言葉や、人々の表情は、ずっと頭から離れないのに、いざ話そうとするとどこから始めたものか。

すこし思考を整理する間《ま》が必要だった。

「……あの会戦のとき……テネゼ侯爵は、参謀長が立案した作戦を採用した。まぁ、細かい内容はいいだろう。五〇〇人程度の蛮族を相手に、帝国軍は三〇〇〇人ほどの大軍だった。勝利は間違いない戦局で、本陣での会話は作戦についてよりも、ディナーの鴨肉に合うワインはどれかって雑談のほうが多かったくらいだ……」

「戦う前から戦勝ムードだったわけ？」

「よくあることさ、帝国軍は強いからな……問題は、敵が背後に回りこんできたときの配慮がなにもなかったことだ」

「相手は蛮族でしょ？　そういう小難しいことはしないんじゃないの？」

「たしかに、統制されていない蛮族は小細工しても成功しにくいから、いつも正面からの激突を好む。しかし、過去の記録を読めば、兵力に大差があるときには奇襲があったんだ。警戒が必要だと……僕は二度の進言をした。でも、参謀長には臆病者と笑われ、テネゼ侯爵には後方から戦《いくさ》というものを見ておくように……と」

「本陣を追い出されたわけね」

「ああ……」

軍法会議でも似たようなやり取りがあったな、とレジスは査問か面接を受けているような気分になった。

あのとき、強く叱責《しっせき》を受けたとしても三度目の進言をするべきだったのではないか、と今でも思う。

見張りを立てておくだけで、敵の奇襲を防げたのに。

アルティーナがつぶやく。

「自分を責めてる？」

「……僕は、本陣からの退去以上に重い罰を受けるのが恐くて……三度目を言わなかったんだ」

「その参謀長は貴族だったのでしょう？」

「ああ、そうだが……？」

「それなら、平民の進言は何度しようと受け入れなかったわ。重用《ちょうよう》している貴族の体面を傷つけるようなことは、テネゼ侯もできなかったでしょうね」

「あ……」

平民出身で、貴族社会に馴染みがないレジスには、侯爵が参謀長の体面に気を遣っていることまでは見えていなかった。

深く考えていれば、貴族同士の立場や関係について知識は持っていたのに。

アルティーナが慰めてくれる。

「だから、自分を責めないほうがいいわ」

「いや、言われてみれば、思い当たる言動はあった……そういう貴族の間《あいだ》の機微に気づけなかったのは、僕の過失だ……あのとき、作戦会議の場ではなく内密に侯爵へ進言していれば……あるいは……ッ!!」

歯を噛みしめる。

胃の底が重たくなった。目頭が熱くなる。

視界が滲《にじ》んだ。

アルティーナが凜《りん》とした声をあげる。

「レジス・オーリック！」

「えっ⁉」

急に名前を呼ばれたことよりも、声の迫力に驚いた。たんなる御者の娘とは思えないほどだった。

「過ぎたことだわ。あなたは全力を尽くした。そうでしょう？」

「……ああ、そうだな。でも、貴族の体面なんて下らないもののために侯爵が亡くなったなんて思いたくないんだ……僕が浅慮《せんりょ》だった」

今更なのは、わかっているけれどね――と付け足しておく。

アルティーナがうなずいた。

その顔を小さくて白い粉つぶがかすめる。

空を見上げた。

いくつもの白い影が舞い落ちてくる。

「雪……」

彼女がつぶやいた。

レジスは肩をすくめる。

「転属初日に雪に降られるとは……歓迎されてるなあ……ははは」

「吹雪《ふぶき》になると、笑ってもいられなくなるわ」

「ああ、知ってはいるけど」

「北国で暮らしたことがあるの？」

「本に書いてあった」

「……あっそ……急ぐから、落ちないようにつかまってて！」

アルティーナが怒ったような呆れたような声をあげ、馬に鞭を入れた。

†

遠くで狼が鳴いた。

ウォーン！　という獣の声は、旅人にとって恐怖の対象だ。それは馬車を引いていた馬にとっても同じであったらしい。

突然、首を大きく振って馬が街道を逸《そ》れてしまった。

「戻りなさい！」

アルティーナが手綱を引く。

馬のいななき。

レジスは硬直した。

雪の積もりはじめた道を蛇行した幌《ほろ》馬車が、湿った土をえぐってスライドする。斜めに傾いた。

背後の幌掛けの荷台に積んである材木やら煉瓦やらが滑って騒々しくがなりたて、最後に木がへし折れたような嫌な音がした。

衝撃に尻を蹴飛ばされ、レジスの身体が浮く。

「うひゃあっ⁉」

「こらえて！」

悲鳴をあげたのはレジスで、その肩を摑んで支えてくれたのはアルティーナだった。

なんとか御者台から転げ落ちるのはまぬがれる。

幌馬車は街道の真ん中で停まってしまった。

馬が足を止めて、いななく。やがて落ち着きを取り戻したのか、チラチラと御者のほうを見た。

やっちまった――と馬でも自覚できるものらしい。失敗を怒られるのを不安がる子供のようだった。

アルティーナは御者台を飛び降りると、馬に取りすがり、その首をなでる。

「大丈夫？　どこか、ケガしたの？」

ブルル、と馬が応える。

どういう返事なのか、レジスにはわからなかったが、彼女が馬の右後ろ脚を気にしているのは気づいた。

「もしかして、悪いのか？」

「……無理させれば歩いてくれそうだけど……治らないくらい脚を悪くしたら処分されちゃう」

彼女は馬をなでながら、ため息をついた。

馬車からハーネスを外して休めるようにしてあげる。迷子にならないよう、縄はつないではおくが。

レジスは雪に煙る地平線を眺めた。

「シエルク砦までは、かなり遠いのか？」

「ここから、五Li《リユー》（二二km）ってとこかしら……でも、今から歩いて行くのは無理ね」

「どうして？」

「吹雪になりそうだもの。しかも、ランタンなんか持ってきてないから夜になったら真っ暗よ。道を外れて小麦畑に入ってしまったら朝まで歩いても砦に着かないわ。用水路に落ちちゃうかも」

「まぁ、そもそも、この荷物を持って五Li《リユー》も歩きたくないけどね」

「あなた本当に軍人なの⁉」

「はは……山中行軍の教練は最悪だったな。あれはもう行軍の訓練というより、遭難の訓練って感じだった」

はぁ～、とアルティーナがこめかみを押さえる。

レジスは首をかしげた。

「どうしようか？」

「こういうときに案を出すのが軍師なんじゃないの？」

「いや、兵団を動かすのは、いくらか評価してもらったことがあるけど……こういうのは、兵士とか行商人とか冒険者の領分だよ」

「あなたも一応、兵士よ⁉」

「おっと、そうだった」

「呆れた人ね」

「まあまあ、落ち着こう、アルティーナ。人間、なるようになるものさ」

「そうね……吹雪のなかで凍死するのも〝なるようになった〟と言えるわね」

「厳しいなぁ」

「ねぇ、本当になんの考えもないの？」

「うーん、そうだな……これを読んでおくか」

　レジスは街で買った本を出す。

「あら、こういうときに役立つ本なわけ？　やるじゃない！」

「どうだろう？　この作品は――とある少年のもとに妖精があらわれて、物語から六人の美少女たちを現実のものとしてくれるという空想小説なんだけど――」

「バカなの⁉　荒唐無稽《こうとうむけい》な作り話を読んでる場合じゃないでしょ⁉」

「荒唐無稽とは失礼だな。作者にあやまれ」

「このままだと明日には冷たくなって、本なんて二度と読めなくなるわよ⁉　神父様が聖書を読みあげてくださるでしょうけど」

「だからこそだよ……最後に買った本くらい読んでおきたいじゃないか」

「あきらめるの早すぎ！」

「冗談だ。でも焦るのはよくない。落ち着いて考えないと。ひとまず荷台に移ろうか。

幌があるから少しはいいだろう」

「……そうね」

馬車にあがってきたアルティーナの肩や頭には、すでに雪が積もりはじめていた。

荷台に積んであった材木や煉瓦が片側へと寄っているのは、先ほど滑ったせいだろう。

空いた場所にレジスは腰をおろした。

近くに彼女も座る。

「あまり風がこないのは助かるわね」

「寒いけどな」

「それは仕方ないわよ。砦についたら、すぐお湯を浴びるわ。絶対に！」

「御者にしては厚待遇だな……もしかして、砦のお偉いさんと知り合いなのか？」

「うっ」

なぜかアルティーナが言葉に詰まった。

当たらずとも遠からずといったところだろうか？

「まぁ、砦に着けばわかることだな」

「無事に帰れればね……」

雪と風は強さを増して、すっかり吹雪と化していた。

幌の中にまで入ってくるものだから、アルティーナが肩を震わせる。

「ううぅ……」

　レジスは記憶の中にある本を漁ってみる。

「やっぱり、こういう場合は下手に動かないのが一番か……」

「そういうもの？」

「動いて体力を消耗するより、他の馬車が通るのを待ったほうがいい。砦の人たちは、どのくらい君のことを気に掛けてると思う？　日雇いの荷馬車のことは覚えてもいない？　それとも、友人を待つかのよう？」

「ど、どうかしら……忘れてはいない、と思うわ。心配してる……はず。たぶん」

「だとすると、夜まで待たずに捜索が来る可能性が高いな。砦と街の間《あいだ》は一本道だ。街まで行けば会えると考えたら、そう足が重くもないだろう」

「なるほど……なかなか頭が回るじゃないの」

「知ってるだけだよ」

　似たような状況の物語を読んだことがある――レジスにとっては、それだけのことだった。

「あとは、寒さをしのぐための物があれば使っておきたいところだな」

　アルティーナが立ち上がる。

「そういえば、あるわ！」

「ん？」

「荷台に布があるの。小さいのが一枚きりだけれど」

そう言ってアルティーナは、ごわごわした布を材木の下から引っ張り出した。

「たしかに小さいな」

「でも厚手だから暖かいでしょ、使って」

「ありがとう……でも、それはアルティーナが使ってくれ」

「え……？」

「こんなふうだけど、僕は軍人だ。市民を守るのが軍人の役目だろう？」

「建前ではね」

「僕は本気だよ」

「ふーん、面白い人よね、あなた……それなら、こうしましょ」

アルティーナが布を持って、レジスの左隣に座り、ぐっと身を寄せてくる。

自分の左腕に、彼女の右腕が絡んできた。

「な、なんだ⁉」

「こうすれば、一枚でも二人で暖まれるでしょ？」

「ああ……なるほど、そう、かな？」

布よりも少女のぬくもりが、暖かい。

心臓の鼓動が加速して大変なことになっていた。背中に汗をかくくらい。

レジスは内心で自分に言い聞かせる——落ち着けよ、僕。彼女は十四歳の子供だ。まだ未成年で年下じゃないか。たしかに綺麗だとは思うけれど、腕を絡められたくらいで動揺するなんて、年長者として恥ずかしいぞ。

　アルティーナが顔を近づけてくる。

「大丈夫なの？　なんか赤いけど……？」

「な、なんでもない」

「そ……」

　静かになる。

　聞こえるのは、風の音と、アルティーナの息づかい。

「……レジス」

「え？　な、なに？」

「あなたって珍しい人だと思うわ」

「はは……よく言われる」

「軍人は市民を守るべきだなんて、名目だけよ。軍人のほうが偉くて大切って考えてる者のほうが多いわ」

「そうかもしれない……でも、持てる者は持たざる者を庇護するべきだ。それこそが、人類が社会を形成する理由なのだから。大人が子供を守るように、強者が弱者を守るのは当然で……軍人は市民を守るべき、だと思う」

「貴族は平民を守り、皇帝は国民を守るべきってこと？」

「本来はね。今の貴族たちは、無益な戦争を続けて国民の命と財産を浪費するばかりだけど」

「蛮族との戦いは無益なもの？　彼らと講和は結べないし、負けたら皆殺しにされるんでしょ？」

「……たしかに、蛮族は恐ろしい。けれど、本気で国土と国民を守りたいなら、もっと守るのに適した地形まで引いて、大きくて長い防壁を築くべきなんだよ」

「長い壁なんて、越えられちゃわない？」

「騎兵とか馬車が簡単に通れなくなる。大規模な進軍を止めるには、それで充分だ」

「あ、そうよね……どうして将軍たちは、そうしないのかしら？　思いついてないから？」

「僕が言ってることは、もう本になって広まっているような知識ばかりさ。上流階級の連中が戦争をやめないのは、それが商売だからだ。蛮族を退ければ軍人としての評価が上がる。戦争をするための武器や食料は高く売れる。兵隊の学校も貴族の収入源だ。国民に負担があったとしても一部の権力者は潤う……」

「そんなの許せない！」

アルティーナが食ってかかるように顔を近づけてくる。

レジスは気圧されて身を引いた。

腕を絡められているから、逃げられないわけだが。

「お、落ち着いてくれ、アルティーナ……全ての上流階級の人たちが、そんな連中ばかりだとは言ってない。現にテネゼ侯爵は違ってた」

「……そうなの？」

「ああ、彼は帝国領土の拡大をやめて、国内の安定に尽力するべきだと皇帝に奏上していたくらいだ。防壁を作るプランを貴族議会で提案してたしね」

「それは素敵だわ。戦争がなくなれば貧困も戦死者も、すごく減るはずだもの！」

レジスの言葉にアルティーナは瞳を輝かせ――

それから、無言になった。

一瞬、険しい表情を見せる。

「……まさか、そのせいなの？」

「ん？　どうかしたのか、アルティーナ？」

「ううん、つい余計なこと考えちゃっただけ。そうなのね、貴族のなかにも、いろいろな人がいるのね」

「ああ、だからこそ、皇帝がしっかりしてくれなきゃ困るんだけどな」

レジスは苦々しげに言った。

びくっ、とアルティーナが身じろぎしたのが、密着しているからこそ伝わってくる。

「……今の皇帝は……悪いと思う？」

「悪いって言うと、不敬罪だろうけどさ……」

今でも充分に言い過ぎているかもしれない。とはいえ、この吹雪のなかだ。聞いているのはアルティーナと馬くらいだろう。

レジスは饒舌《じょうぜつ》になっていた。

「今の皇帝は、長く在位しすぎたよ。もう公務もままならないご老体だ。本来は五年前に第一皇子に帝位継承するべきだった。しかし、第一皇子は病弱で、第二皇子のほうが政軍両面に才を見せている。後ろ盾も第二皇子のほうが強力だしな」

「ややこしいのよね……」

最初に産まれた第一皇子は、側室の第二皇妃《こうひ》の息子だった。

次に産まれた第二皇子は、正妻《せいさい》である皇后《こうごう》の息子だ。そして、貴族としての格は皇后のほうが上である。これが帝国の継承問題となっていた。

「二人の皇子の継承争い……まぁ、実際には後援者たちの権力争いだな。それがもつれた結果、老皇帝の在位は伸び、貴族たちは好き勝手にやって、国は傾いてるわけだ」

「その他にも皇族はいるわ」

「ああ、第三皇子か。まだ十五歳で学生だし、二人の兄皇子の対抗馬にはなりえないだろうな」

「も、もう一人……いるでしょ？」

「ん？　あー……そういえば、シエルク砦の司令官も皇族だったたか」

「そう！　ど、どう聞いてる⁉」

またもアルティーナが身を寄せてきて、レジスは右のほうへずれた。荷台から落ちてしまいそう。

「うーん、矢雀皇姫《やすずめこうき》か……」

「なに、それ？」

「帝都でのマリー・カトル第四皇女の渾名《あだな》だよ。本名は長ったらしくて、みんな覚えてないからな」

「たしかに、ちょっと長いかしらね……」

「マリー・カトル・アルジェンティーナ・ドゥ・ベルガリアだったかな……物語はよく覚えてるほうだけど、こうも長い名前を覚えるのは大変だ」

「無理しなくてもいいわよ。それより、矢雀皇姫って、なに？」

「これからお世話になる方だから、悪口みたいに取られると困るけど……帝都で知られてる渾名だよ」

「だから、どういう意味なわけ？」

「僕が聞いた噂話になるけど……まぁ、時間だけはたっぷりあるしな。これは、辺境に飛ばされた、かわいそうなお姫様の物語だ――」

†

十五年前――

前置きになるが、マリー・カトルの母君の話をしよう。

帝都ヴェルセイユでは、皇帝陛下の五十回目の誕生日を祝う大規模なパーティーが催されていた。

宮廷楽団《オーケストラ》が舞曲《ワルツ》を奏でる。

豪華な料理が次々とテーブルにならべられ、ここぞとばかりに将軍たちは戦勝報告を手土産に祝辞を述べる。

有力な貴族や高名な富豪ばかりでなく、末端の下級貴族やその家族すら招かれた、それはそれは大きな式典であった。

末席に座る平民のなかに、周りが息を呑むほど美しい娘がいた。

夜色の髪に黒曜石の瞳が白い肌をより白く見せる。

その十六歳になる少女に声をかけてきたのは――あろうことか、玉座を降りて会場を割って進んだ皇帝陛下であった。

「よろしければ、余《よ》と踊ってはいただけませんか、お嬢さん《マドモワゼル》」

このとき、クローディット・バルテルミ嬢は丁寧なお辞儀をしてから、こう返したと帝国式典省の公式記録に記されている。

「はい、よろこんで、紳士様《ムッシュ》。お名前はなんとおっしゃるの?」

なぜ彼女が皇帝の名前を訊いたのかは、いくつかの説が挙げられている。『気づいていなかった』という説は、さすがに侮辱《ぶじよく》であろう。『気づいていたが、教えこまれたパーティーマナーを押し通した』説と『皇帝に冗談が言えるほどの女傑である』という説が有力である。

いずれにしても、真実は彼女本人しか知り得ない。

その美しい黒髪の少女が手を伸ばすと、受け取った皇帝は笑みを浮かべた。

「これは失礼をいたしました。余は、リアン・フェルナンディ・ドゥ・ベルガリア。皆はリアン十五世と呼びます」

「では、私のことは、クローディットとお呼びください」

帝国最高と名高い指揮者《オケマス》は、一瞬のためらいの後、指揮棒《タクト》を振りオーケストラに演奏をうながした。

通称クローディット事件である。

半年後——

十七歳になったクローディット嬢は、皇帝の四人目の妃《きさき》となる。名を『メアリー・クローディット・ドゥ・ベルガリア』と改められた。しかも、婚礼のときには、すでに懐妊していたと言われている。

皇帝が五十一歳の誕生日を迎えるよりも早く、皇妃は第四皇位継承者となる皇姫を出産した。マリー・カトル・アルジェンティーナ・ドゥ・ベルガリアである。

公式には正当な息女であるが、世間においては落胤《らくいん》であった。

侍従長から第四子誕生の報告を受けたリアン十五世は、

「髪は赤いか？」こう尋ねたという。

ベルガリア帝国の初代皇帝は《炎帝《ランペルールフラム》》の異名をもつ赤髪紅瞳《せきはつこうどう》の巨軀《きょく》であった。近隣の蛮族たちを大剣で打ち倒し、帝国の礎《いしずえ》を築いたのだ。

リアン十五世も、痩せてはいるが長身で赤髪紅瞳であった。

しかし、三人の兄皇子たちは瞳こそ赤色であったものの、髪は母方の金や茶色を受け継いでおり、巨軀とも言い難かった。

政治軍事に無関心なリアン十五世であったが、初代皇帝の血が薄まることには心を痛めていたらしい。

侍従長がうやうやしく礼をして告げる。

「陛下、赤色でございます。しかし、女児であらせられます」

リアン十五世の第四皇女への関心は、そこで途絶えたようだった。

平民の娘が側室となり、一年も経たずに子を授かるなど、高名な貴族たちには耐え難い屈辱だった。

もしも、クローディットの子が男児であったなら、早々《そうそう》に暗殺されていたかもしれない。まことしやかに〝第一皇子が病弱なのは、毒を盛られたせい〟という噂が流れていたほどだ。

幸いにして女児であったため、マリー・カトルは十三歳まで無事に育つことができた。

皇姫であるのに剣術を習ったり、政治を勉強したりと奇行も目立ったが宮廷の笑い話になる程度だった。

しかし、そろそろ社交界に出ようという年齢になったとき、問題が起きる。


マリー・カトルは母親に輪を掛けた美貌を宿していた。


その頃、甘い顔《ハニーフェイス》つきと渋い声《バリトン》とほどほどの歌唱力で社交界の注目を集めていた若い吟遊詩人がいた。その男を、皇后が宮廷に招いたのだが——

マリー・カトルとすれ違った瞬間、吟遊詩人が美貌を称える詩を歌ってしまう。

「おお～、なんと素晴らしい日だろう！　太陽のごとき天使に逢うことができるなんて。燃える炎は私の心を焦がし、輝ける紅玉は私の言葉を奪い去る～」

当然、皇后は激怒した。その吟遊詩人をすぐさま宮廷から叩き出し、社交界からも追放してしまう。

それだけでは済まなかった。

皇后の息子——第二皇子アレン・ドウ・ラトレイユ・ドゥ・ベルガリアは鋭利な刃物のような人物である。

軍人としては第一軍司令官でしかないが、老いた皇帝や、病弱な第一皇子に代わり、二十三歳にして帝国軍の実権を掌握していた。

そのラトレイユが老皇帝に奏上する。

「美しい皇姫が指揮を執れば、将兵の戦意も向上するにちがいありません。膠着《こうちゃく》している北方を任せるべきかと存じます」

「善きに計らえ」

この頃には、リアン十五世のクローディット皇妃への寵愛《ちょうあい》は完全に失われていたようだった。


帝国歴八五〇年——

老皇帝が玉座に腰掛け、赤絨毯《あかじゅうたん》の左右には冷ややかな笑みを浮かべる貴族たち。

母親の姿はなかった。

マリー・カトルは赤い髪を揺らし、頭を下げる。

「陛下には、ご機嫌うるわしく」

「……」

リアン十五世は首肯《しゅこう》だけを返した。

侍従長が辞令書を広げて、皇帝の名をもって勅命《ちょくめい》を読みあげる。

マリー・カトルは皇姫で未成年にもかかわらず、バイルシュミット辺境連隊の司令に任命されてしまった。

貴族たちの間《あいだ》に低い笑い声があがる。

皇姫の心中を推し量ることができた者は、この謁見《えっけん》の間《ま》には居合わせなかった。

侍従長が下がったあと、老皇帝が小さな声でつぶやく。

「……餞別《せんべつ》に欲しい物はあるか？」

この問いは皇帝の血縁者が帝都を離れるときの慣例であり、伝統的に〝陛下のお言葉がなによりの励《はげ》みになります〟と答えるものだが……

マリー・カトルは胸を張り、

「炎帝《ランペルールフラム》の剣を頂きとう存じます！」

と言い放った。

どよめきが広がる。

貴族たちからは露骨に嫌悪の目を向けられ、「礼節も知らぬか物乞いめ」と陰口さえ叩かれた。

しばらく老皇帝が思案して。

「……初代皇帝の剣は七本、そなたは第四子だ。四番目の剣を貸し与えよう。いずれ、帝都に戻ったとき、宝物庫に返すがよい」

四番目の宝剣――

甲冑姿の兵士たちが運んできたのは、あまりにも巨大すぎる両刃剣だった。

《帝身轟雷ノ四《グラントネール・カトル》》である。

この大剣は初代皇帝の身長にちなんで作られたもので、二六Pa《パルム》（一九二cm）もの全長があった。

マリー・カトルは少女にしては背が高いほうだが、そんなものは誤差だと笑い飛ばすかのごとく、宝剣は重厚長大に過ぎた。

貴族たちから下卑た嘲笑が浴びせかけられる。皇姫が剣を持ちあげることもできず、みじめに辞退するだろう――と大半の者たちが予想していた。

少女は一礼し、大剣の柄を右手で握りしめ、鞘に収められた刀身を左手で支える。

「ありがたく……お借りいたします……ッ!!」

マリー・カトルは全身の力を込めた。

大理石の床が軋《きし》む。

彼女は大剣を持ち上げた。

見ていた貴族たちから笑い声が消え去り、驚嘆へと変わる。

皇姫は身の丈よりも長い大剣を携えた。

「……大任、拝命いたしました」

老皇帝に深く礼。

そして、冷たい表情を浮かべている第二皇子ラトレイユと、憎々しげに睨んでいる皇后を見据える。

このときマリー・カトルが何を想ったのかは、憶測しか飛んでいない。

彼女は踵《きびす》を返し、静まりかえった謁見の間を後にするのだった。

†

「――とまぁ、そんな噂話さ」

吹雪が幌を叩いた。

レジスが話を締めくくろうとすると、アルティーナが噛みついてくる。

「ちょっと待ちなさいよ」

「ん？」

「矢雀皇姫ってのは、どこに出てたわけ⁉」

「ああ、それか。皇姫が大剣を腰に吊るしたじゃないか」

「なにか変なの？　それしかないじゃない、あんな長い剣。背負ったら引きずってしまうわ」

「アルティーナも見たのか。皇姫はシエルク砦でも、そうしてるんだな」

「え？　あっ、そ、そうよ……見たわよ」

「君は思わなかったか？　大剣を携えた小さなマリー・カトルを見た民衆や兵士たちは、〝まるで矢を射られた雀のようだ〟と評したらしいぞ」

「なっ⁉」

アルティーナが目を見開いた。

固まる。

「それまでは、美しいと噂されてはいても、ほとんど国民の前に出たことはなかったし、目立った逸話もなかったからな。すっかり《矢雀皇姫》って渾名が定着したみたいだ。僕は戦地にいたから見てないけど」

「ぬぬぬ……」

「どうした、肩を震わせて……そんなに寒いのか？」

「違うわよ！　あなたに文句を言う筋合いはないけど、不本意だわ！」

「本人には内緒で頼むよ。いきなり嫌われると、やりにくくなるからな」

「それは安心して。噂を聞いたからって、その話をした相手を嫌うほど愚かじゃないもの」

レジスは肩をすくめた。

「だといいけどな……そうだ、腹が減らないか？　昼を食べてないだろう？」

「なにかあるの？」

「本を読みながら食べようと思って、パンを残しておいたんだ」

革鞄を開け、長剣を横にのける。

堅焼きパンが出てきた。

「温かいミルクが欲しいところだけどな」

「分けてくれるの？」

「僕の主義は話しただろ？　いらないなら、無理にとは言わないけどさ」

「……欲しい」

レジスは笑みを浮かべ、堅焼きパンを半分に割って、片方をアルティーナに渡した。

「そら」

「ありがと……笑顔といっても、ぜんぜん違うものね」

アルティーナが半分のパンを見つめて、そうつぶやいた。

レジスはかじったパンを飲みこんでから。

「なんの話だ？」

「……あたしは、もっと冷たい笑顔をたくさん見てきたのよ」

「ふーん、どこでだい？」

「宮廷よ」

アルティーナは堅焼きパンに、はむっと歯をたてる。

そのとき、馬がいなないた。

切迫したような、助けを求める悲鳴にも似た、いななきだった。

二人して御者台のほうへ身を乗り出す。

「な、なにが……？」

「あれ！」

アルティーナが指をさした。馬車の前方、前足をばたつかせている馬の向こう。

吹雪のなかに、黒い影があった。

暗闇に金の瞳が光る。

血の色をした口が、五つ。

レジスは悪魔に心臓を掴まれたような気がした。

「……狼だ」

「灰狼《loup gris》よ」

「ひ、火だ……松明を投げよう。あ、火口箱《ほくちばこ》はあるかい⁉」

「落ち着きなさい、レジス！　あるわけないでしょ」

「うっ……そうだった」

「このままだと、馬が危ないわね」

「その次は、僕たちが喰われる番だろうな……うううぅ……ッ‼」

レジスは幌のかかった荷台へと身を引く。

転がしてあった剣を掴んで、馬車の後ろから飛び降りた。

アルティーナが目をすがめる。

ため息をついた。

「まぁ、市民を守るとか言ってもね……」

いくら格好のいいことを口にしていても、命の危険があれば別だ。そうアルティーナは知っている。

——彼も同じか、と思った。

しかし、レジスは馬車の前へと回りこんできた。

逃げなかったのだ。

馬車の前で、五匹の灰狼のうち、一番大きなやつに向けて剣を構える。

「ううぅ……‼」

「な、なにしてるの、あなた⁉　灰狼は騎士でも苦戦するような凶暴な獣なのよ！」

「知っているさ！　だから、これしかない」

剣を持つレジスの手が震えているのは、寒さのせいではないだろう。

構えからして素人《しろうと》。

いや、それより酷い。

猫背で、腰は引け、今にも後ろに転がってきそうだ。

ごっこ遊びをする子供でも、もうすこし胸を張って構える。

アルティーナは頭をかかえた。

「そんなんで勝てるの⁉」

「はは……自慢じゃないが、僕は剣術教練で誰にも勝ったことがない」

「本当に自慢にならないわね！」

「アルティーナ、逃げろ……馬に無理してもらってくれ。このままじゃ、どうせ狼たちの餌食《えじき》になる……」

「本気で言ってるの⁉　あなた、死ぬわよ⁉」

悲鳴にも似た叫び声だった。

レジスは笑う。

安心させるためだとか、余裕の笑みだとか、そういうことではない。自然と笑みがこぼれたのだ。

理由は自分でもわからなかった。

「それでも……生き方を曲げてしまうのは、死ぬよりつらいと思うからな」

「ッ⁉」

アルティーナが息を呑む。

レジスは自分でも不思議だった。どうして笑ったのか？　バカな自分に対する自嘲だろうか？　いや、それは後ろ向きに過ぎる。絶望的な状況でも信念を貫くことができた勝利の賛歌だと思っておこう。

「僕でも……時間稼ぎくらいはできるだろう、狼は逃げずに立ち向かってくる相手であれば、うかつに攻撃しないんだ。相手の力量を見定めて、勝てると確信したら近づいて……あ、あれ？　なんか、近づいてくるぞ⁉」

「そうね。あなたの構えって、どう見ても弱そうだもの」

アルティーナの声は、なぜか明るかった。かすかに笑いさえ含んでいたような？

一番大きな灰狼が近づいてくる。

牙のならぶ口が開いた。

うなり声。

まだ遠いとわかっていたが、レジスは威嚇のために剣を振る。

「え、えいや!!」

剣の重さで身体が泳いだ。

先端が地面を叩く。

同時に、ゴッと音があがった。金属の鍔《つば》が、自分の左膝を打ったのだ。

「〰〰〰ッ⁉」

「ありがとう、レジス……あなたは市民を守ってくれたわ。御者としてのアルティーナをね」

「え？」

嬉しそうな声に、振り返る。

アルティーナの深紅の瞳が煌めいた。

幌馬車の荷台から、彼女が銀色の何かを引きずり出す。そいつは、薄暗い吹雪のなかにあって、まばゆく輝いて見えた。

木材と煉瓦を押しのけて、その下に隠していた物を少女の細腕が引き抜いていく。

ゴリゴリザリザリと不協和音が響いた。

ありえないことが起きている。理解不能なことが起きている。

重厚長大《じゆうこうちようだい》。

それは、あまりに巨大すぎて何であるかを認識するのに時間が必要だった。

荷台にようやく収まるほどの長すぎる全長。人間が振るうには重すぎるであろう金属の塊。

巨大であるにもかかわらず、その研ぎ澄まされた刃には曇りひとつない。

鏡のような刀身。

レジスの唇が震える。

「……帝身轟雷ノ四《グラントネール・カトル》」

アルティーナが右手に掲げたのは覇者の剣であった。

風にあおられたローブが、王のマントのようにひるがえる。燃えるような赤い髪を左手でかきあげて。

「そろそろ、あたしが守る番でしょう、レジス。そこで、しっかりと見ていて」

「な、に……⁉」

「この剣が大きすぎるだけの、雀に刺さった矢なのか、覇者の振るう剣なのかを‼」

踏み出したアルティーナの足が雪に沈む。

積雪を蹴って、進んだ。

掲げられた大剣が、風を断って鳴く。

「てやあああぁぁぁぁぁぁぁぁぁぁ〜〜〜〜〜〜〜〜〜〜〜〜〜〜〜〜〜〜‼」

振り下ろした。

大地を砕く。

地面に積もった雪が爆散する。

これはもう斬撃というより、大砲の直撃のほうが近い、とレジスは思った。

足下が揺れた気がした。

灰狼といえど、ひとたまりもなかっただろう。

——当たっていたならば。

吹き飛んだのは積雪だけで、難を逃れた灰狼たちは、あわてて遠巻きに距離を取っていた。

アルティーナが服の胸元に押しこんでいた堅焼きパンを取り出す。それを狼に向かって放り投げた。

「えい！」

風に運ばれていき、パンは彼らの前に落ちる。

「それをあげるわ！　帰りなさい！」

警戒しつつも灰狼は投げられたパンの匂いを三度嗅ぎ、くわえて、素早く身をひるがえした。

吹雪の白闇のなかへと消えていく。

レジスは腰から力が抜けて、へたりこんだ。

†

アルティーナが地面に大剣を突き刺して、こちらを振り向いた。

「ケガはない？」

「はは……左膝が痛い」

「それって自分の剣が当たったわけ？」

「夢中だったから覚えてないけど」

彼女が苦笑いを浮かべた。

レジスは頭をかく。

「まいったな……君が……あ、いや、殿下がマリー・カトル・アルジェンティーナ・ドゥ・ベルガリア第四皇女だったのか……じゃない……そうなんですね、殿下」

「今さらじゃない？」

「はぁ……人が悪いな」

ため息も出るというものだった。

してやったり、とアルティーナが満面の笑みをはじけさせる。

「本当に気づいてなかったの？」

「そりゃな、赤い髪とか紅い瞳は気にはなった。アルティーナはアルジェンティーナの愛称としては長すぎる気もするけれど……」

「お母様が呼んでいたのよ」

「アルジェンティーナって名の由来は、クローディット・バルテルミ嬢の生まれ故郷なんだ。その土地の愛称が、アルティーナらしい……」

「そこまで知ってて気づかないもの？」

「あまりにバカバカしい考えすぎて、すぐに頭から捨てていた。転属先の砦の司令官で、第四皇女といえば皇族だ。それが、左遷されてきた下級士官の出迎えに、御者の格好をして、なんて」

「本屋さんでバレるかと思って、ドキドキしてたわ」

「店主が挙動不審だった理由がわかったよ。いつも、こんなことを？」

「しないわよ！　そんなことしていたら、うつけの皇女と噂が立ってしまうじゃないの」

「……今ごろ街では、そんな噂が流れていそうだがな……荷馬車皇姫ってとこか」

「矢雀皇姫と、どっちがマシかしらね」

彼女が真剣な顔で悩む。

レジスは小首をかしげた。

「いつもやっているわけではない、って言ったが……どうして、僕にだけこんなことを。なにか恨みでもあったのか？」

「恨みって？」

「どう甘く見ても、僕は不敬罪だろう。身分を偽っていた君への言動はともかく、皇帝批判は重罪だ」

「わかっているのに、どうして言ったの？」

「平民の間じゃ、挨拶みたいなものさ」

うーん、とアルティーナが腕を組んで眉をしかめる。

落ち着いてみると事態は悪化しかしていなかった——あいかわらず吹雪は続いており、陽が暮れて寒さは増している。

「……勘違いしないで欲しいのよ。あたしは、あなたのことを恨んでないし、不敬罪で咎める気もない」

「じゃあ、どうして？」

「噂を聞いたの、有能な軍師がいるって」

「まさか僕のことなのか？　誇張されてると思うぞ」

「可能性はあるけど……あたしには、そういう賢者の協力が必要で……だけど、有能なだけじゃなく、考え方とか価値観も調べておく必要があったの」

「それで御者の真似を？」

「皇族を前にしたら言えないこともあるでしょ？　あたしは、あなたの本心を知りたかったのよ、レジス・オーリック」

「今日のことでわかったのは、僕の軍務への熱意が限りなく無《む》に等しいことくらいだと思うけど」

「それと剣の腕前もね」

アルティーナが冗談めかして笑い、レジスは頭をかいた。

ふと彼女が視線を遠くへ投げる。

「あっ……どうやら、あなたの予想が当たったようね」

「なに？」

アルティーナが耳を澄ませる。

レジスも同じようにした。

しばらくして——

積雪の街道を蹴立てる馬蹄《ばてい》が近づいてくる。

話しながらだったのに、ずいぶん耳がいいのだな、とレジスは感心した。

「……あ、でも野盗や蛮族じゃないだろうな？」

「金属鎧の音がするから違うわ」

「そ、そこまでわかるのか」

彼女の言うとおり、馬に乗った騎士が五名ほど、吹雪の向こうから姿を現した。

軽装鎧を着けた騎士たちが、アルティーナの前で馬を降りる。

跪いた。

「ご無事でしたか、姫様!!」

禿頭《はげあたま》に黒髭《くろひげ》の中年男性だった。

アルティーナがうなずく。

「出迎え、ありがとう。あたしは平気よ……だけど、馬にケガをさせてしまったわ」

「心得ました！　私の馬で馬車を引きましょう」

「うん、お願いね」

馬を替えて、馬車は元通りだ。

ケガした馬も引いて連れ帰るという。

騎士が二人がかりで、アルティーナの大剣を支え持ち、荷台へ運んでいく。

てきぱきとした軍人たちの作業を眺めていたら、アルティーナが近づいてきた。

へたりこんだままのレジスに、白い手を差し出してくる。

「さあ、行きましょう」

「えーっと……姫、様？」

「やめてよ。今さら、そんな呼び方されてもね」

「いや、御者だと思ってたからなぁ……」

「あたしの気分が悪いでしょ。一度、愛称でいいと言ったのに。嘘つきになれって言うの？」

「えー……」

御者の振りしてたじゃないか、とは言えなかった。

レジスの背筋を冷や汗がつたう。

最前線に左遷されただけでもヤバイと思っていたが、これは予想以上にとんでもない場所へ来たかもしれない。

一度、天を仰いだ。

差し出された小さな手に、レジスは手を乗せる。

「……空気は読めるほうだと自負してるんだが……本当にいいのか、アルティーナ?」

もちろん!　と彼女は声をはずませる。

「あたしの辺境連隊にようこそ。いっぱい働いてもらうわよ、レジス・オーリック!」

第二章◆夜明けの誓い

レジスは深い眠りに落ちていた。

すぐ近くで、人の声がする。

夢なのか現実なのかも判然としないが、それは少女の声だった。

「起きないじゃないの！　もしかして、死んでるわけ？」

「ふふふ……お疲れなんですよ。姫さま、寝かせておいてあげましょう、急ぎのお仕事もありませんし」

「……ふんっ、仕方ないわね」

目覚めは遠い。

少女たちのおしゃべりが聞こえていた……はずが、野太い怒声に叩き起こされる。

「ソイヤァッ‼」

「………………ううぅ？」

目を開ける。

見慣れぬ天井があった。石をアーチ状に積み上げただけの、灰色で飾り気のない粗雑な天井だ。ゆるやかな弧を描いて石壁へと続いてる。

穴蔵か地下牢みたいだ——ぼんやりと思う。

レジスは部屋の一番奥に置かれたベッドに寝ていた。

左手を伸ばせば、ごつごつした石壁に届く。冷たい壁には、明かり取りの小窓があり、今は開け放たれていた。

窓からは陽光が差しこんでいる。

どこかで気勢をあげる男たちの重々しい掛け声が聞こえてきた。

「セイヤァッ!!」

兵士たちの訓練だろうか、素振りが風を斬る音と、土を踏む足音もしていた。

「ああ……そうか……」

シエルク砦《とりで》に左遷《させん》されたんだっけな——とレジスは、覚醒しはじめた頭で考える。

やわらかいベッドは、隊商《キャラバン》の馬車に比べたら天国だったし、なにより昨夜の出来事を思えば、生きているだけでも感謝するべきだった。

「……もう、朝か」

「オウリャッ!!」

また野太い奇声。

レジスは耳を押さえる。

「ここ……いつもこうなのか？　キツイ起床ラッパだな……」

ゆっくりと身体を起こした。

昨夜、シエルク砦に着いたときには、すっかり凍えていて、お湯を貸してもらい、この部屋を使っていいと言われ——その後の記憶がなかった。

改めて部屋を見回す。ベッドと机が四組は置けそうなほど広い。中央に柱が一本あるが、兵士なら十人部屋くらいか。レジスのような下級士官でも四人で使うような部屋だと思われた。

それなのに、ベッドは壁際に置かれた一つしかない。

隣には階級を間違えたのではないかと疑わしいほど立派な机があり、なんと本棚まであるではないか！

ベッドから戸口までの間は、大きな本棚がさらに六個は置けそうなほど空いていた。

喜ぶよりも、むしろ不安になる。

「田舎だから部屋が余ってるのか？　しかし、砦といえば狭いのが普通だし……まさか本当に僕の階級を勘違いしてるんじゃないだろうな？」

五等文官というのは、上から数えて十番目だ。

——元帥《げんすい》、大将、中将、少将、准将があって、ここまでが将校。

士官は文官と武官に分かれ、一等文官、二等文官、三等文官までが、上級士官。

その次に下級士官として、四等文官から六等文官までがある。

つまり、五等は文官として下から二番目だ。

ちなみに、兵士は、座長、上等歩、軽歩に分けられる。軽歩でも帝国正規兵であれば扱いも賃金も悪くない。農民が徴兵された農兵や、未成年の見習いなどは只働《ただばたら》きも同然だった。

そのようなわけで——下から二番目の自分に、こんな広い部屋があてがわれるのは、おそらく間違いであろう、とレジスは結論づけた。

「ちゃんと、正しい部屋を教えてもらわないと……あ、そういや、直属の上官は誰になるんだ？」

文官の上級士官が、自分の上役となって、いろいろと教えてくれるはずだ。

まだ顔も見ていないが。

レジスは寝間着を脱いだ。

昼間で屋内にいても肌寒さを感じる。北方に来たのだと実感した。

机のうえに置いてあった新品の軍服に袖を通す。

ベルガリア帝国の軍服は青赤白の派手な配色が基本になっているが、この辺境連隊の制服は黒に近い濃緑という地味なものだった。厚手の生地が使われていたり、ポケットが幾つも付いていたりして便利そうだ。

「ふむ、ちゃんと考えられてる。さすがは最前線だな」

着替え終わったところで、ちょうどよく人が呼びに——

「……来ないよなぁ。仕方ない、自分で探すか」

部屋を出る。

扉を開けると、石壁の廊下が左右に続いていた。

ぎりぎり二人が並んで歩けるていどの細い廊下で、ゆるやかに曲がっている。点々と木の扉があった。

ひとまず左側へ進んでいくと、中庭に出る。

†

「ドセェイッ‼」

また野太い声があがる。

石造りの建物に囲まれた中庭は、土の踏み固められた練兵場になっており、三〇名ほどの兵士たちが剣を振っていた。

並んでいる兵士たちの前に、ひときわ体の大きい男がいる。

巨大な斧槍《フオシャール》を振り下ろして汗をはじけさせる筋肉の塊のような男で、四十歳くらいだろうか。

豊かな黒髭《くろひげ》に禿頭《はげあたま》。

レジスにはマフラーが欲しいほどの寒さだというのに、その男は古傷だらけの上半身を惜しげもなくさらし、全身から湯気をあげていた。

こちらを見て、破顔する。

「ぬっ！　起きたか、若いの！」

でかい声だ。

彼の前で訓練していた屈強な青年たちも、「ウィヤスッ!!」とか「ドォス!!」とか叫ぶ。青年たちも一様に上半身裸で、汗だくになって湯気をのぼらせていた。

禿頭の男が、斧槍を突き出してくる。

「よぉし！　お主も、これを振れ！　気合いがズガンとくるぞ！　振ってけ、振ってけ、ブンブンしてけ！　ワッハッハッハッハッ！」

レジスはたじろぐ。

「い、いや……僕は文官なので剣とか槍とかはちょっと……それより、昨日、助けに来てくれた騎士の方ですよね？」

レジスが尋ねると、男がうなずいた。

「うむ。ワシはエヴラール・ドゥ・ブランシャール一等武官だ。このバイルシュミット辺境連隊の騎士団長をやっておる！」

「僕はレジス・オーリック五等文官です。ありがとうございました……助かりました、本当に」

「ワッハッハッ！　姫様の姿が見えぬと思ったら、御者《ぎょしゃ》の真似事をして街へ行ったというではないか。近頃は野盗も出ておるというのにな！　まったく、肝が冷えたぞ」

「ははは……僕もです」

まさか荷馬車の御者が、皇姫《こうき》で司令官などとは。

「もっとも、姫様であれば、野盗など叩き斬ってしまうやもしれんがな！」

「ああ……強いですよね」

「女神じゃからな！」

エヴラールが言うと、部下の騎士たちも「ウィッス！　女神ッス！」と、うなずいた。

レジスには訳がわからない。

「皇姫は皇姫だと思うんですが……？」

「……ああ、そういえば、北方には勝利の女神《ラ・ヴィクトワール》の信仰がありましたか」

「女神じゃろ⁉」

「うむ！　まさに女神！」

「なるほど……」

偶像崇拝《ぐうぞうすうはい》は教会から固く禁止されているはずだが、辺境ゆえのおおらかさか。聖教会の厳格な教えも一〇〇Li《リュー》（四四四km）の距離は届かないものらしい。

たしかに、あの細腕で大剣を振るう姿に、戦地の兵士たちが神聖なものを感じたとしても不思議はなかった。

「昨日は灰狼《loup gris》の群れを宝剣の一撃で蹴散らしたそうじゃな！　愉快、愉快！　ヴァ〜ハッハッ……ハヴッゴホゴホゴホッ！」

エヴラールが、むせ返るほど笑うと、部下の青年たちも楽しそうに笑顔を見せる。

「「ワッハッハッ！」」

雄々しい。

感謝はしているものの、いかにも〝雄《オス》〟という雰囲気が、レジスは苦手だった。

「はは……それでは、僕はこのへんで……」

引き上げようとすると「待てい！」とエヴラールに呼び止められた。巨大な斧槍を肩にかつぎ、のっしのっしと近づいてくる。

フゥ、フゥ、と荒い息をつきながら、顔を寄せてきた。

「念のために聞いておくがのぅ」

「な、なんでしょうか？」

「姫様に妙なことはしておらんじゃろうな？」

ザワッ！　と部下の騎士たちの目つきが変わる。

エヴラールの禿げあがった頭に血管が浮き上がっていた。

レジスは後ずさる。

「妙なこと？」

「なにやら昨日の姫様は様子がおかしかった。お主、なにかしておらんか⁉」

「べつになにも……話をしただけですよ？」

「なにを話したんじゃ⁉」

「うーん、帝都の噂話とか……」

青年たちの間から、「都《みやこ》の噂話じゃてよ」「きっと社交界やらいうのじゃろ」「ここら田舎やけ噂話ったら芋取れたとか牛産まれたとか……」「それ噂ちゃう」「クソァ、やっぱり都会の男はムカつくわ！」「帝都がナンボのもんじゃ！」などと殺気立った声が聞こえた。

身の危険を感じ取る。

エヴラールが更に詰め寄ってきた。キスされそう。

「フゥ～ッ！　ワシの娘子《むすめご》が初めて男とでぇいとしたときのような浮かれようじゃった！　貴様、なにをしたぁ⁉」

「待て、待て！　僕は帝都での第四皇女《マリー・カトル》の評判や政治の話をしただけだ。子供相手に、浮ついた話などするものか……そもそも、自慢じゃないが、僕は女の子と手をつないだこともないんだぞ⁉」

しん

と静まりかえった。

エヴラールが絵画の聖人みたいな、おだやかな笑みを浮かべる。

部下の騎士たちも、愛を伝える天使みたいな顔をしていた。

「強く生きろよ、若者よ」

「いつか、いいことあるッスよ」

「ファイト」

そんな同情はいらない――とレジスは思った。

無駄に優しい励ましを背に受けながら、なぜか敗残兵のような気分で切ない中庭を後にするのだった。

†

廊下を戻って、今度は自室から見て右側へと進む。

鼻歌が聞こえた。

「ふん♪　ふん、ふ～ん♪」

「ん？」

開けっ放しになっているドアから、中を覗きこむと、そこは広い部屋になっていた。長テーブルが八つあり、五十個ほどイスがならんでいる。

「士官用の食堂か……？」

石壁の無骨さは残っているが、四隅に花瓶があり花が飾ってあるなど上品な気遣いが感じられた。

メイドが一人、布巾《ふきん》で長テーブルを拭いている。

鼻歌は彼女のものだった。

臙脂《えんじ》色を基調としたエプロンドレスを着て、頭の後ろにまとめた茶色い髪を揺らしながらリズムを取っている。

歳はレジスと同じくらいだろうか。

榛《はしばみ》色の瞳が印象的な美しい少女だった。下働きにしては髪も肌も綺麗で艶《つや》がある。

「んん～、ふんふ～ん♪　ラ、ラララララ～、灰かぶり～のメイドさん、ネズミたちに言いました～♪　今夜はお城でパーティーがあるの～♪」

歌まで歌い出した。

ちょっと音が外れている気もするが。

くるん、と一回転して、テーブルのうえから食べかすを落とす。掃除なのか、舞踊《ダンス》なのか。

目が合った。

戸口で立っていたレジスに、彼女が気づく。

メイドが固まった。

歌も停まった。

レジスは微妙に気まずかった。

「や、やあ……いい歌だな」

「えっ、本当ですか⁉　そんなに感動しちゃいました⁉」

「べつに感動したとは言ってないが……」

「これ最近の流行歌なんですよ～」

「そうなのか、初めて聞いたけど……この砦で流行ってるのか？　それとも、テュオンヴェルの街で？」

「いえ、私の中で！」

「マイブームだったか！」

「今、作りました」

「最近の流行歌って言ったよな⁉」

レジスのつっこみを無視して、メイドが笑顔で解説をはじめる。

「うふふ……性悪な主から酷い仕打ちを受けているメイドさんのところに、魔法使いのお婆さんがやってくるってストーリーなんです。ロマンチックなんですよ～」

そういう童話を読んだことがあるな、とレジスはうなずいた。

「魔法で、お城のパーティーに行かせてくれる話だろ？」

「なんですか、それ？　攻撃魔法で性悪な主をギタギタにしてくれる話ですよ」

「ロマンチックはどこに行った⁉　ずいぶん直接的な魔法だな。もしかして、今の待遇に不満でもあるのか」

魔法なんて空想の産物で物語の中だけの存在だから、冗談の範疇《はんちゅう》だとは思うが、内心に黒いものを感じてしまうストーリーだった。

メイドが、からからと笑う。

「あはは、違いますよ。姫さまは良い子だし、戦争は恐いけど、砦のなかは安全ですし、ちょっと将来に光明がないだけです」

「あ、ああ……」

言葉の端々に棘《とげ》のあるメイドだった。

改めまして——と彼女が丁寧にお辞儀する。

「姫さま付きのメイドで、クラリスと申します。オイとかコラとかお呼びください♪」

「そんな酷い呼び方はしないぞ⁉　はぁ〜……クラリスさんと呼ばせてもらうよ。僕はレジス・オーリックだ」

「はい！　姫さまから、いろいろと聞いております」

「そうなのか。なんて？」

「吹雪《ふぶき》のなか一枚しかない毛布を使わせてくださったり、パンをわけてくださったり、灰狼に敢然《かんぜん》と立ち向かわれたり、と。素敵だと思いますわ」

「いや……照れるな。ほ、他には？」

「剣の腕は子供以下で、給料は全部本に使ってしまう甲斐性《かいしょう》なしだそうですね〜」

「すみません」

聞かなければよかった。

悪気はないらしく、クラリスは笑顔を見せている。

「なにかご用でしょうか？　こう見えても実は忙しいんですけど。なんちゃって」

たぶん、悪気はない。たぶん。

「……僕の直属の上官を知っているかな？　なにか聞いていたりは？」

「そういうことは、わからないですね」

「だよな。それなら、アルティーナが……ああ、いや……姫様が、どこにいるか教えてもらえないか？」

「ふふ……愛称のことは聞いているから大丈夫ですよ。でも、私と姫さま以外の人がいるところでは控えてくださいね」

「そうなのか。やっぱり、愛称で呼ぶのを許されてる人は珍しいのか？」

あの中庭にいた騎士たちの前では、とくに気をつけたほうがよさそうだ――とレジスは思った。

「私なら許してくれると思いますが……あとは、お母《クローデイット》さまくらいじゃないでしょうか？」

予想以上に少なかった。

レジスは嬉しさよりも困惑が先立つ。

「それは……どうしてだ？」

「姫さまに、友だちが少ない理由ですか？　あの性格ですからね～」

「君は本当に毒舌だなぁ……そういう意味じゃなくて。なぜ僕にだけ、愛称で呼んでもいいと許してくれたんだろう？　皇族なら名前を尋ねられるのは新鮮だったろうけれど、御者の格好をしていたら不思議でもない。平民の知り合いだって、僕が初めてでもないだろうし……」

クラリスが小首をかしげる。

「姫さまの考えることはわかりませんが……なにか〝理解者になってもらえる〟と思えることがあったんじゃありませんか？　ああ見えて意外と苦しいお立場の方ですから」

「理解者……」

「はい。お母さまと同じくらいの」

「そ、そんなこと、あったかな……？」

レジスは、赤い髪の少女との出会いを思い返してみた。

あまりに高額で本を買ったものだから、バカなのかと言われたが——関係あるのだろうか？

クラリスが、手をパタパタと振って笑う。

「まぁ、若いうちは、いろいろと間違うこともありますよね～」

「僕を信頼してくれた見立てを〝若気の過ち〟と断定された⁉　否定はできないけど、ちょっと早すぎないかな⁉」

「冗談ですよ。レジスさんは、いちいち反応してくれるから、ぶちかまし甲斐がありますね！」

「からかわないでくれよ……」

「これが、エヴラールさんとかだと〝うむ！　まさに女神じゃな！〟みたいな意味不明の返しがきますから」

「ああ、そんな感じだ、あの御仁は」

先ほど中庭で汗を流していた上半身裸の騎士団長を思い出し、レジスは苦笑した。

それから話を戻し、アルティーナがどこにいるかを改めて尋ねる。

クラリスは壁掛けの時計に目をやった。

「外に出てますよ。もうすぐ戻ってきますけど」

「砦の外に？　街まで行ったにしては帰りが早いな。真面目な性格だから、遊びに出ているわけではないだろう……狩猟か偵察ってところか？」

「だいたい合ってます。ところで――みなさん、もう朝食を済ませてますけど、レジスさんは？」

「ありがとう。実は腹が減って倒れそうなんだ」

「そうなんですか、大変ですね～。お昼までは、まだ時間があるのに」

「出してくれる流れじゃなかった⁉」

「あはは。仕方ありませんね、特別ですよ」

クラリスは冗談ばかり言うメイドだが、なかなか仕事は手早くて、すぐに料理を持ってきてくれた。

固くないパンと、鶏肉の入ったシチューだ。

最前線であることを考えると、なかなか豪勢である。

「すごいな……」

「ゆっくり食べてくださいね」

微笑みを残して、クラリスが自分の仕事に戻った。鼻歌を歌いつつ、床の掃き掃除をする。

レジスはゆっくり味わって食べるのだった。

†

遅めの朝食を済ませた頃――

食堂にアルティーナが顔を出した。

「あら、レジス。死んでなかったみたいね、よかったわ」

「おかげさまでね」

今日は御者の格好などしておらず、宝剣も吊るしていなかった。

ドレスのような飾りのついた白いワンピースに、最低限の腕甲《わんこう》や肩当てをつけている。

長い赤髪を後ろで結い、腰には普通の長剣を提《さ》げていた。

小脇にかかえているのは雪色の外套だ。それをメイドのクラリスがお辞儀してから受け取った。

「姫さま、おかえりなさいませ」

「ありがとう、クラリス。お茶をいれてくれる？」

「かしこまりました」

もう一度お辞儀して、足音もなくキッチンへと向かう。

意外と、しっかりメイドしていた。

レジスの向かい側の席に、アルティーナが腰掛ける。

「はぁ、今日もダメだったわ……」

「外に出てたんだって？」

「街道の見回りにね。しばらく前から、隊商《キャラバン》を狙った野盗が出てるのよ」

「そういや、旅の途中でも何度か聞いたな。中央から離れるほど襲われることが増えるって」

街道の治安悪化は、辺境の物価高騰の原因になっている。届かなかったぶんの商品の代金や、雇った護衛の経費が上乗せされるからだ。

「行商人や住民からの苦情が増えてるのよね」

「蛮族が侵入してるって噂も聞いたが？」

「どうかしら？　ぜんぜん見つからないからわからないわね。砦の兵士たちだけで全部の隊商を護衛するのは無理だろうし」

「それにしたって、早朝に司令官が自ら見回りしてるのか。寒いし眠いしで一番キツイ時間帯だろうに」

「みんなが嫌がる時間だからこそ、司令官が率先して行くべきでしょ」

「おお……たいしたもんだ」

「あたしだって本当はやりたくないわよ。野盗なんていなくなればいいのに！」

「同感だな」

安全になれば、本も少しは安くなるだろう。

アルティーナがあらんかぎりの罵詈雑言《ばりぞうごん》を姿なき野盗にぶつけていた。

ひと段落したところで、レジスは話を変える。

「ところで、僕の直属の上官に挨拶したいんだが……誰になるんだ？　まだ決まってないのか？」

「直属の上官って……文官の偉い人がなるのよね？」

「そうだな」

「いないわよ」

「僕を使いたいっていう偉い文官が？」

「ううん。この砦には、文官が一人もいないの。あなた以外に」

レジスは最初、なにを言われたのか理解できなくて、しばらく固まってしまった。ようやく声を絞り出す。

「…………なん、です、と？」

「この連隊は、ずっとジェローム・ジャン・ドゥ・バイルシュミット辺境伯という将軍が仕切ってるんだけど、半年くらい前、全ての文官を追い出しちゃったらしいのよね」

「ど、どういうことだ⁉　戦争は武官だけでできるが……会計や補給は誰がやってるんだ？　戦争の記録や報告は？　徴税や納税は？」

「伯爵の家令がやってるわ」

家令というのは、貴族領を管理する立場の使用人だ。

領地からの徴税や物品の売買、召使いたちの雇用や給料支払いを担当する。会計士を兼ねることも多いから、ほとんどの書類は問題ないだろう。

「それにしたって優秀な家令だな。さすが伯爵家といったところか。元文官だったりするのかな？」

軍事関係の書類は独特で複雑だから、士官学校で二年かけて覚えるくらいなのに。

レジスは感心したが……

アルティーナが首を横に振る。

「間違いだらけで、軍務省から毎月のように怒りの手紙が来てるわよ。査察官が来たこともあるし」

「なっ⁉　ありえない……ここは本当にベルガリア帝国軍なのか？」

「元々はジェローム卿の私兵だったらしいわね」

「そういえば、本に書いてあったな。この辺境に左遷されると決まったとき、せっかくだから、いろいろと調べたんだ」

「……あなたって、やっぱり変わってるわね。普通は左遷先の名前なんて見るのも嫌がるのに」

「君は嫌だったのか？」

「あたしは……目的があったから…………」

アルティーナが珍しく言い淀んだ。

昨日も感じたが、彼女には隠している秘密があるようだ。

しかし、言わないということは、言えないという判断なのだろう。レジスは深く追及するのは止《や》めておいた。

「本や噂話で、ジェローム卿の武勇伝は知っていたが……文官を追い出したなんてことまでは広まっていなかったよ。なにがあったんだ？」

「一度だけ訊いたけど……教えてくれなかったわ。あたし、ジェローム卿に嫌われてるから……」

「嫌われてる？」

アルティーナが弱り顔でうなずいた。

「自分と関係のない権力争いの結果、素人《しろうと》の小娘が司令官になったら、あなただって嫌でしょ？」

「そういうことか……」

新しく来た司令官と、昔から部隊を仕切っていた元司令官が不仲であることは珍しくない。

普通は前任者を別の部隊に転属させるものだが、アルティーナは素人で、シエルク砦は北方の要衝だ。いくら皇帝の勅命《ちょくめい》とはいえ、軍部もジェロームを引き離す愚行はできなかったのだろう。

アルティーナが不満げな表情を浮かべる。

「この軍隊が正常に働いてて民衆を守ってくれてるなら、あたしはなにも言わないつもりだったんだけど……」

「文官がいないとは思わなかったな」

「それに、ジェローム卿も勤勉とは言い難いのよ」

二人して、ため息をついてしまった。

キッチンから、クラリスが白磁のティーポットとティーカップを二つ運んでくる。

テーブルにならべられ、透明感のある紅色の液体が注がれた。

深い香りに鼻孔がくすぐられる。

「お待たせしました、姫さま。お砂糖をお入れしますね」

さらりと使われているが、紅茶葉も砂糖も陶磁器も帝都ですら高級品だ。官給品ではありえないから皇姫の私物なのだろう。

「ありがとう、クラリス」

「どういたしまして――レジスさんは、どうなさいますか？」

「僕のぶんもあるのか？　ありがとう」

「なにを言っているんですか。今後の身の振り方を尋ねたんですよ」

「げ……」

澄ました顔で、このメイドは言葉の刃を突き刺してくる。

「あははっ、それは重要な問題ね」

アルティーナが紅茶を波打たせた。

身の振り方とは難題だな、とレジスは自分の額をつついて思案する。

「うーん、なぜジェローム卿が文官を追い出したのか……教えてもらう必要はあるだろうな……」

「それもいいけど、あたしの仕事を手伝ってくれない？」

「なにかあるのか？」

昨日、彼女が〝いっぱい働いてもらう〟と言っていたのを思い出す。

「大変な仕事があるわよ～。野盗を見つけるの!!」

「そういえば、見回りをしてるんだったな」

「うん。商人も住人たちも困ってるし、兵士たちも苦労してるわ。どうにかする方法を考えてくれない？　レジスは軍師なんでしょ？」

「いや……僕は軍師なんかじゃ……」

「できないの？」

「軍師じゃないってだけで、策はあるけど……使える時間と兵士は？」

アルティーナが両手の人差し指の先をトントンと合わせる。なんの意味があるのかはわからないが。

「時間は、できるだけ早く……でも野盗が増えたのが半年くらい前で、ずっとなにもできてないから解決できればいいわ。問題は兵士なのよね……」

「少ないのか？」

「あたしだけじゃ、ダメかな？」

「は？　なにを言ってるんだ……？」

「けっこう、剣には自信あるんだからね」

「君が強いのは知ってるが、野盗は大勢いるわけだろ。何人か捕まえてる間に、ほとんど逃げられるぞ」

「ううぅ……そうよね」

「もしかして、自分だけで捕まえたいのか？」

「そうじゃないけど……あたしの言うこと聞いてくれる兵士は多くないのよ」

聞き捨てならない言葉が飛び出してきた。

「どういうことだ?」

「うーん……あたしが、ジェローム卿に嫌われてるってことは話したでしょ?」

アルティーナの顔には、十四歳らしからぬ苦悩が浮かんでいた。

実績のある元司令官が嫌っている新司令官の命令では、なかなか兵士たちも動いてくれないということか。

「意外だな。エヴラール騎士団長や、その部下たちに会ったが、ずいぶん君を慕っているようだったぞ? 〃まさに女神〃とか言ってた」

先ほど、中庭で会った者たちを思い出す。身の危険を感じるほどだった。

アルティーナがわずかに顔を赤らめる。

「め、女神は恥ずかしいけど……何人かは言うことを聞いてくれるわ。ありがたいことにね」

「何人か? じゃあ、大半の兵士は?」

「平時はともかく戦場では、ジェローム卿の命令しか聞かないんじゃないかしら」

「……まぁ、命が懸かってたら、女神より猛将のほうを信じるよな」

「でしょうね」

アルティーナを慕っている兵士はいるが、所詮、お姫様扱いなのだろう。司令官としての信頼は得られていない。

実績が無いから当然ではあるが。

「たしか、バイルシュミット辺境連隊は騎兵五〇〇、砲兵五〇〇、歩兵二〇〇〇くらいだったよな？」

「よく調べてあるわね」

「そのうち、何人くらいがアルティーナの言うことを聞いてくれるんだ？　僕の考えだと、歩兵が三〇〇人もいれば、なんとかなると思うんだが」

「さ、三〇人くらい、かな……？」

アルティーナが申し訳なさそうに言った。

レジスは腕を組んで、背もたれに体をあずける。わずかにイスが軋んだ。

「……君、あたしの辺境連隊って言ってなかったか？」

アルティーナがひるむ。

ちょっと涙目だ。

「そ、それは……今は、肩書きだけって感じだけど……いずれは、なんとかするわよ」

「兵士を集めるには肩書きと報酬があれば充分だ。しかし、人望《じんぼう》は実力を示すことでしか得られない」

「実力を示すことでしか……」

アルティーナが先生の教えを噛みしめる生徒のように繰りかえした。

少し不安になって、レジスは言葉を付け足しておく。

「僕は剣術については疎《うと》いが、君が充分に強いのはわかる。それでも比べる相手が悪い。これぱかりは仕方ないよ。司令官に求められるのは、武芸だけじゃないが……誰よりも強いというのは、わかりやすい」

「つまり、あたしよりも、ジェローム卿のほうが強いってこと?」

「それは当然だろう……なんせ彼は《エルシュタインの英雄》なんだから」

「英雄?」

不思議そうに、アルティーナが小首をかしげた。

驚いたのはレジスのほうだ。

「知らないのか? ジェローム卿といえば隣国との会戦で大活躍した猛将だぞ」

「そうなの?」

「僕が見たわけではないけど——」

†

クラリスが話をうながすように、レジスの前にティーカップを置いた。

素晴らしい香りの紅茶で喉をうるおしながら、かいつまんでジェロームの経歴を語って聞かせる。

「ジェローム・ジャン・ドゥ・バイルシュミットは子爵家に長男として産まれた」

十四歳で初陣《ういじん》を飾り、以来、数々の戦功をあげ続ける。

そのなかでも特筆されるのは、隣国ゲルマニア連邦とのエルシュタイン平原での会戦だろう。

四年前――

北東の国境を越えたゲルマニア連邦軍二万人に対し、帝国軍は三万人で迎え撃った。場所はエルシュタイン平原である。

ゲルマニア連邦というのは、サンプロイセン王国を盟主とした大小の国々の集まりであり、内外で戦争ばかりしている。そのため、国は貧しいが兵士は精強で、練度も装備も充実していた。

敵の先鋒は鉄騎兵団三〇〇〇余り。

名誉の象徴である黄色に鉄鎧を染めあげ、槍のごとき縦陣で突撃してくる。

ベルガリア帝国の将兵たちは勢いに圧倒された。ちょうど二つの貴族軍の間へ敵軍が向かってきたため、貴族同士が互いに押しつけて逃げる形となり――帝国側の隊列はチーズのように裂けていく。

横陣形を突破されたら、本陣は丸裸だ。

しかも、主力部隊は前と後ろから夾撃を受ける可能性が高くなる。そうなれば、兵士たちは統制を失って逃げ出すだろう。ベルガリア帝国軍、総崩れの危機だった。

勢いを増す敵縦陣へ、真正面から突撃する漆黒の部隊があった。

ジェロームの手勢――騎兵五〇〇ばかりである。

しかも、先頭を駆けるのは、子爵自身ではないか。

本陣退却の時間稼ぎか、身命を賭《と》しての忠義か、と周りは思ったというが……そうではなかった。

黒騎士ジェロームが敵の鉄騎兵を次々と打ち倒していく。

猛将を先頭とした黒騎兵団は、敵の縦陣形を砕きながら突き進んだ。

ゲルマニア連邦軍はあわてて左右両翼の部隊を呼んで防ごうとしたが、騎兵の突撃に間に合うはずもない。

「――かくして、ジェローム卿は敵本陣を蹂躙し、ベルガリア帝国軍を勝利へと導き、《エルシュタインの英雄》となった。会戦の勲一位により、一等武官から准将に昇級している。彼が二十歳のときの話だ」

「そ、そんな、すごい騎士だったの⁉　ちょっと想像がつかないわね……」

アルティーナが眉を寄せて、難しい顔をしていた。

クラリスは無表情だが。

「今は、そういう人には見えないですから」

という感想だった。

「そうなのか？　この砦では、どんな様子なんだ？　僕は会ったことないけど、帝都では優雅で美形で貴族の女性たちに大変人気があったらしい……」

　クラリスは無言。

　アルティーナがうなる。

「ん〰〰、自分で確かめてもらったほうがいいかも」

「ふむ、あまりいい状況ではなさそうだな……まぁ、将校になってからの彼は幸福ではなかったからね」

「なにがあったの？」

「成り上がり者は、有力者たちから嫉妬され疎まれるものだ。英雄と称《たた》えた連中が、次々と戦功をあげる将軍ジェロームを忌避するようになるまで、半年も必要なかった。彼は辺境伯の爵位と、この北方の領地を与えられ……生まれ故郷である帝都から遠ざけられたんだ」

　表向きは〝褒賞《ほうしょう》〟だから土地の名前までが、ジェロームの姓であるバイルシュミットに改められたが——名誉を与えて実益から遠ざけたのは明らかだった。

　それ以降、英雄ジェロームの名が表舞台に出てくることはなくなってしまう。

　アルティーナが、すこし冷めた紅茶を飲み干した。

「そう……よくある話ね……」

　自分の境遇に重なるものがあったのだろう。彼女は物思いに沈むようにティーカップの縁を指でなぞった。

「……君は本当に知らなかったのか？」

「ええ。強いんだろうな〜、とは思ってたけど。エヴラールたちも、ジェローム卿のことは話さないし」

　クラリスが静かな口調で言う。

「……姫さまは、砦の方々に大切にされてはいますが、ご機嫌を損ねそうなお話からは遠ざけられておりますから」

「あら、そんな気遣いされてるかしら？　ジェローム卿と仲がいいとは言えないけど、べつに昔話くらいで機嫌を損ねたりしないわ」

「姫さまはそうでしょうとも……しかしながら、兵士の方々は、姫さまをお客さま扱いしているのです」

「やあね、クラリス。いくらなんでも、そこまで距離を置かれてないわ。たぶん」

「左様ですか？　今のレジスさんの話……私は、兵士の方から聞いておりましたよ？」

「なんですって⁉」

　しれっと爆弾発言したクラリスに、アルティーナが驚愕の声をあげた。

　メイドがにっこり微笑む。

「私、親しみやすい人ですから♪」

「なッ⁉　それじゃ、あたしが親しみにくい人みたいじゃないの⁉」

「まさか。姫さまは姫さまでいらっしゃいます。他の何者でもありません」

「えーっと……それはそうなんだけど……ううぅ？」

「安心してください。たとえ砦の兵士たちから遠ざけられようとも、私がいますよ。私だけは味方です、姫さま。私だけの姫さま……ウフフフ」

「う、うん。ありがとう……？」

クラリスが魔法のように、アルティーナを煙に巻いていく。

不穏当な発言もあった気がするが。

彼女のことだから、それすらも冗談なのだろう。

レジスは話を引き取る。

「……まぁ、ジェローム卿のことは、こんなものか。砦の兵士たちが、アルティーナより信頼しているのは当然だ。本来なら辺境連隊ではなく師団か軍団を率いるべき将軍だからな」

「ぐっ……わかったわよ。あたしだって、自分のほうが信頼されてるとは思ってないわ。今のところはね！」

「いい捨て台詞だ。僕の読んでいる本だと脇役に多いけど……」

むすっ、とした顔でアルティーナが睨んでくる。

「指揮権のことはいいから、野盗をなんとかする方法を考えなさいよ」

「うーん……野盗を捕まえるには、それなりの数の兵士が必要だ。できれば、騎士団よりも歩兵が使えたほうがいい。そのためには……ジェローム卿から命令を出してもらわないといけない、か」

レジスは床に視線を落とした。

文官を追い出した件といい、アルティーナとの関係といい、気むずかしい性格に違いない。

正直、気が重かった。

アルティーナが勢いよく席を立つ。

「いい機会ね！　ジェローム卿としっかり話してみましょ。きっと、あちらも今のままでいいとは思ってないわよ」

「前向きだなぁ」

「当然！　うつむいてるよりマシでしょ」

そう言って彼女は笑顔を見せた。

†

レジスはアルティーナに連れられて、中央塔一階にある士官食堂から、ジェロームの私室へと向かう。

他の仕事もあるらしく、クラリスは食堂に残った。

足音の響く石造りの廊下を歩きながら、アルティーナが嬉しそうに話しかけてくる。

「あなた、ずいぶん気に入られたみたいね」

「誰に？」

「クラリスよ。わからなかった？」

「勘違いじゃないか？　からかわれてばかりだったぞ」

「気を許した相手には、冗談ばかり言うのよ。機嫌がいい証拠ね。いつものクラリスはぜんぜん無口で、用事のないときは奥に引っこんでるんだから」

「無口⁉　引っこんでる⁉」

「そうよ～。お人形みたいに笑いもしないんだから」

「……僕が話してたのは、同じ名前の別のメイドだったんじゃないか？　もしくは、君までからかってるに違いない。もうなにも信じられないよ」

「あははっ！」

螺旋《らせん》階段をのぼりながら、アルティーナが子供みたいに笑った。

中央塔の三階にあるジェロームの私室を訪れる。

飾り気のない木製のドアを何度かノックしてみるが――返事はなかった。

アルティーナが唇を尖らせる。

「あの人、いないみたいね」

「事実上の司令官なら、なにかと忙しいだろうしな」

「ん～、そんなに仕事熱心じゃないと思うけど……まぁ、いいわ。ジェローム卿を捜すついでに砦を案内してあげる！」

「そいつは助かるな」

「こっちよ、レジス！　早く、早く！」

アルティーナが駆けだす。

また階段をのぼって、中央塔の一番上の階まで。

息があがる。

最上階は、黒色のテーブルが置かれた会議室になっていた。

壁に貼られた周辺地図といい、掲げられた帝国旗といい、剝きだしの石床といい……

戦場の空気が満ちている。

使いこまれた会議机の傷に、ここは最前線なのだとレジスは感じた。

「来て！」

アルティーナが部屋を突っ切り、大窓を開ける。

ゴオッ、と鳴った。

外から入ってきた風が、地図や帝国旗をばたつかせる。

会議室の外は張り出し《バルコニー》になっていた。

アルティーナが赤い髪をなびかせて表に出る。陽射しを浴びて輝く。遠くを指さした。

「ほら、見て！」

「高いところは苦手なんだ……」

「突き落とすわよ？」

「はいはい……」

バルコニーへと出る。

深緑の香りを運ぶ風に、レジスは髪を押さえた。

眼下に広がる光景に思わず息を呑む。

雲のない蒼い空と、雪をかぶった白い山脈が雄大な景色を織りなしていた。太陽が世界をおだやかに照らしている。

空にも山にも手が届きそうで、まるで天高く飛ぶ鳥にでもなったかのような気分だ。

すごいな——とレジスはつぶやく。

満足げにアルティーナがうなずいた。

「いいでしょ」

「——私は嵐を越えて遠い土地へとやってきて本当の宝物を見つけたのです。ポケットには入らないけれど心の中から消えることはありませんでした。今でも目を閉じると、あの空が思い出されるのです」

「なに、それ？」

「出典はフレンソンの自伝だ。帝都で活躍する画家だが、若い頃はぜんぜん売れなくて、隊商の荷運びをしていたらしい。嵐に見舞われた苦しい旅程の果てに、辿り着いた先で美しい空に心を打たれた。迷いも疲れも消え去り、ただ涙が流れたと語っている。それから、彼は空ばかり描くようになった。やがて《フレンソンの空》は高く評価されることになるんだ」

「なるほど。家に引きこもってたら、いい仕事はできないってことね！」

「え？　いや、風景に感動したという話なんだけど……」

視線を手前へ移すと、砦の内側も一望できた。戦局を把握して指揮を執るための展望台だから当然だが。

シエルク砦は山の中腹にある。

北向きのなだらかな斜面に横長六角形の石壁を築き、四方に見張り塔が伸びていた。

砦の中心に、司令官や幕僚《ばくりょう》が使う中央塔があり、この最上階のバルコニーにレジスたちはいる。

士官のための東棟、兵士たちの西地区。どれも石造りの角棒のような建物だった。

大勢が住んでいる西地区は砦にしては大規模で、長屋のような建物が二〇棟も連なっている。

レジスがエヴラールたちと会った中庭は、中央塔と東棟の間にあった。

敵国に面した北側には、正門と広場がある。

バルコニーからは見えないが、裏手の南側には食料庫や武器庫や厩舎《きゅうしゃ》があるのだ、とアルティーナが教えてくれた。

レジスは外壁の工事に目を留める。外壁の一部を囲むように木組みの足場があった。

「あれは修繕してるのか？」

「ええ、そうよ。三ヶ月前に隣のヴァーデン大公国が攻めてきて、大砲を撃ちこまれたの。いつもは大丈夫なんだけど、なんか強力なやつだったらしくて、すこし崩れちゃったんだって」

「強力な大砲？　もうすこし詳しく教えてくれ」

「うっ……あたしは着任したばかりで、そのときは奥の部屋にいたの。ここに出るのもダメって言われて。見てないのよ」

「君、司令官なのに……」

「だって、イスから立っただけで〝姫様、どうかお任せください！〟って言われて戻されるのよ⁉」

「まぁ、想像はつくけどな。隣国はよく攻めてくるのか？」

「だいたい三ヶ月に一回くらい。だけど、冬場は森を抜けるのが大変だから来ないかもね」

　ヴァーデン大公国との距離は三〇Li《リュー》（一二三km）程度だが、樹海が広がっており、そこに蛮族の集落がある――とレジスは本で読んでいた。

「蛮族は？」

「あたしは見たことないけど、夏に攻めてきたときは壁を越えられて、激しい戦いになったらしいわ」

「ふむ……」

装備の充実していない蛮族との戦いでは、状況によって有利不利が極端に変わる。平原では帝国の騎兵が圧倒的だが、森では蛮族に逆襲を受けることもあった。砦の外壁を素手で登ってくることもあるらしい。油断のできない相手だった。

アルティーナが、くるんと回る。

「こんなところかしらね？　そろそろ、次に行きましょ」

「ああ、ありがとう。いいものが見られたよ」

「よかった。それにしても、あの人、どこに行ったのかしらね？」

中央塔にジェロームの姿はなかった。

広場や東棟を回ってから、レジスとアルティーナは南側へと向かった。

†

厩舎を訪れる。

馬を飼っておくための小屋だ。馬車馬と軍馬が合わせて六〇〇頭近く飼われている。

獣の臭いが鼻についた。

「意外だな……」

「なにが？」

「アルティーナは、こういうの平気なのか……お姫様なのに……」

「あたし、楽器や舞踊より、剣術と乗馬が好きよ。馬の世話だってできるんだから」

「そりゃすごい」

馬房のひとつにアルティーナが駆け寄る。

「こんにちは！　調子はどう？　昨日はごめんね！」

痩せた馬が、ブヒェンと返事をした。

いまいち見分けがつかないが、どうやら馬車を引いていた馬らしい。右後ろ足に包帯が巻かれていた。

アルティーナが馬の首をなでながら野菜を食べさせてやる。

けっこう大きな野菜が、みるみる口のなかで砕かれていく様子は、無駄に迫力があった。

「かわいいでしょ？　あなたも、あげてみる？」

「いや、手まで食べられそうだから遠慮しておく……」

「あははっ、そんなことしないわよ。馬は賢いんだから」

「だとしたら、僕は馬に嫌われる体質なんだろうな。騎乗教練のたびに落とされた」

「え？　乗れないの？」

「自慢じゃないが、僕は馬を歩かせたことがない」

「それは本当に自慢にならないわね」

にっこり、とアルティーナが笑みを浮かべる。

嫌な予感がした。

「じゃあ、あたしが教えてあげる！」

「遠慮しておく」

「どの馬がいいかしら？　小さくて、おとなしい馬がいいわよね」

「お、おい……なあ、僕に選択権はないのか？　無茶な命令には逆らう権利があるんだぞ。そもそも、階級とは命令違反のために存在するという逸話があってな……」

レジスの声が聞こえていないかのように、アルティーナは厩舎を奥へと歩いて行く。

馬草の積まれている場所に来た。

物陰から、女性が現れる。

いささか厩舎には不釣り合いな人物だ。軍服でも使用人の格好でもなく、街にいる市民の服装をして、リンゴの入ったカゴを抱えている。こちらを見て驚いたように目を見開いた。

「あ、姫サマ⁉」

「うん？　あなたは？」

「ワタシは……その……さ、さようなら！」

言うが早いか逃げだしてしまう。

アルティーナは唖然として見送った。

「……なんなの、彼女は？　どうやら民間人のようだったけど？」

「物売りかな？」

「リンゴを持ってたものね」

「ああ。まだ昼だし……商売女ってことはないだろう」

レジスは何気なく返して、口を滑らせた。

隣にいる少女が尋ねてくる。

「なに、それ？」

「え？」

「その〝商売女〟って、どういう人なわけ？」

アルティーナが冗談を言っているわけでも、照れてごまかしているわけでもないことは、表情を見ればわかった。

このお姫様は、どうやら商売女を知らないらしい。

うっかりしていた。彼女は未成年だった。

いや、十五歳になれば結婚できるのだから、十四歳ともなれば知っていても不思議はない。

しかし、彼女は皇族だ。

品性の欠如した友人も大人も周りにいなかったのだろう。

なんということだ！　このままでは、いたいけな少女に無用の知識を与える悪い大人になってしまうではないか――レジスは背筋が震えた。

アルティーナが迫ってくる。

「どうして黙ってるの、レジス。ちゃんと教えなさいよ」

「ううぅ……それは……その……つまり……夜に働く女性の商人という感じで……」

「ふーん？　そういえば、物売りは昼間にしか来ないのが普通よね」

「ソウデスネ」

レジスたちが話していると――

物売りの女性が出てきた場所から、どうやら彼女と会っていたらしい男が姿を見せた。

将校の軍服を着ている。

着崩した胸元からは、ごつい筋肉が見えていた。背が高くて肩幅も広い。

長めの黒髪を後ろへとなでつけ、無精髭をはやしていた。歳は二十代前半だろう。

浅黒い肌と、鋭い目つき。

野趣あふれる容貌《ようぼう》は趣味が分かれそうだが――男性であるレジスが目を奪われるほどの美形であった。

ただし、酔っ払いだ。

左手にはリンゴ。右手には酒瓶。

酒気を含んだ息を吐く。

「フッ……誰かと思えば……お嬢ちゃんか」

「見回りにもいかないで、物売りからリンゴを買ってたわけ？　真面目に働きなさいよね、ジェローム卿！」

驚いてレジスは思わず声をあげる。

指差し確認してしまった。

「この酔っ払いが、ジェローム卿⁉　ジェローム・ジャン・ドゥ・バイルシュミット辺境伯⁉　あの有名な、エルシュタインの英雄だって⁉」

男が小瓶を傾け、琥珀色の液体をあおる。鋭いけれども淀んだ目で、レジスを睨みつけてきた。

「ふぅ〜……なんだ、貴様は？」

「あ、僕はレジス・オーリック……五等文官です」

「帰れ」

「いいですね、すぐ転属の書類を作成します。サインだけで結構」

「レジス⁉」

「冗談です。僕の人事権は、姫様にありますから」

ジェロームの前なので、一応、言葉遣いは改めておく。直前に思い切り口を滑らせてしまった気もするが。

「そ、そういう冗談はやめなさいよね！」

意外にも、アルティーナは本気で心配している様子だった。

自分の存在価値というものを感じたことがないレジスとしては理解に苦しむのだが、手放したくないと思われているのだろうか？

そういえば、野盗を捕まえる手伝いをしている最中だった。

なるほど、まだ仕事が終わってないからだな――とレジスは納得する。

「まぁ、そんなわけで……残念ながら姫様が認めてくださらないので、帝都には帰れそうにありません」

「フンッ……文官なんて役立たずに食わせる飯はない。馬草でも噛んでろ」

「そのことで質問があるのですが……前任者が追い出された理由を教えてもらえませんか？　同じ失敗はしたくありませんし」

「俺のやることに口出しするな。それだけ守ってればいい」

「わかりました。今は伯爵家の使用人が書類を作っているそうですが……僕が担当することにしても？　会計から税務まで全部を一人で担当するのは難しいので、お手伝いはお願いすると思いますが……」

「好きにしろ。俺は使いたいときに使いたいように使う」

ここまで話して、レジスは嫌なものを感じ取った。

むしろ、ジェロームの言動は〝察しろ〟と命じているも同然だ。

アルティーナは、きょとんとした表情で、わかっていない様子だったが。

レジスは慎重に尋ねる。

「あの……もしかして、前任者が席を失ったのは、軍事予算の使途について伯爵と意見の衝突があったからでしょうか？」

「ククク……そういうことだ。軍の金で酒を買うなだの、博打を打つなだの、うるさいから追い出した」

「うおぉ、横領だったぁ…………………」

レジスは天を仰ぐ。

あまりに大胆な犯罪宣言だ。

軍事法廷なら極刑までありえる。

「なにが悪い？　蛮族も隣国《ヴァーデン》の糞共も、この砦があるかぎり帝国内には攻めこめまい。そのために送ってきた金だ。どう使おうと自由だろうが」

また酒をあおる。

そして、リンゴをかじった。

アルティーナが釈然としない顔をする。

「ねぇ、レジス……」

「なんでしょう？」

「ジェローム卿の言うとおり、国を守ってさえいれば自由なわけ？　いいの？」

「当然、答えはＮｏｎ《ノン》です——帝国財務省は税収の二割を軍事費として定めています。国を守るために必要だからと金を集めておいて、不必要な娯楽に使うのは、約束を違えたことになりますから」

「そう考えれば当然ね。ジェローム卿は間違ってるわ」

アルティーナが批判する。

しかし、彼は皮肉げに唇の端を歪め、笑《わら》うだけだった。

「フン、薄汚い文官め。堅苦しい建前を謳《うた》おうとも、所詮、貴様も同じだろうが？」

「……どういう意味ですか？」

「ククク……〝見逃してやるから金をよこせ〟と言うんだろ？　文官なんぞ、どいつもこいつも同じだ」

ジェロームが不気味な笑い声をあげる。

またレジスは天を仰いだ。

「おおおぉぉ……横領のうえに、恐喝《きょうかつ》じゃないか、それは…………ひどいな……」

「うそよ！　あなたは、そんなこと言わないでしょ、レジス？」

アルティーナが心配そうに見つめてきた。

正直者は損をする、などと言われることもあるが――自分がまっとうな人間でよかったと思える。彼女を悲しませなくて済むのだから。

はっきりと、ジェロームに告げる。

「僕は汚職に興味ありません」

「なに？　金がいらない？　ククク……見栄《みえ》を張るなよ、貴様。欲しい物くらいあるだろう」

欲しい物はある。

もちろんだ。

しかし、それとは話が別だった。

一瞬、書店の値札が脳裏にチラついたが、別なのである。

「……僕は、そういうズルはしない。それは人生を捨てるのと同じことだ」

「ハハハッ！　お嬢ちゃんの目が恐いのか？　安心しろ、なにもできやしない」

「むっ……」

アルティーナが唇を尖らせるが、ここはレジスに任せてくれた。

「どうやら、ジェローム卿は勘違いされているようです」

「なんだと？」

「……この場に誰がいようと関係ない。なぜなら、自分の人生の番人は自分自身ですから」

「クハッ！　神父の真似事か⁉」

「いえ、もっと俗な損得の話です――悪徳を行ったら、そのぶん苦労を背負う他人がいます。これは言い訳のできない罪悪でしょう。不正をして成果を得た者は、その罪悪感から逃れることはできない。どれほど贅沢をしようとも、もう心が晴れることはない。

なんと惨《みじ》めな人生でしょうか……」

　ジェロームが押し黙る。

　アルティーナが真剣な表情で聞いていた。

　話を続ける。

「――正しく報酬を得た者は、ささいな贅沢《ぜいたく》であっても心から楽しめるでしょう。けれど、悪徳を働いた者は、いかなる贅沢をしようと罪悪感に苛《さいな》まれるのです。さて最後まで話を聞いてくれたジェローム卿に問いたい――あなたは、正と不正と、どちらが真に幸福を得られると思いますか？」

「…………………」

　ギリッと音がするほどジェロームが歯を嚙んだ。

　その眼光は槍のよう。

　見られただけで石になるという怪物の神話を連想するほどだった。

　心臓が止まってしまいそうだ。レジスは逃げだしたい気持ちを我慢して踏みとどまる。

　アルティーナのほうは凛《りん》と睨み返した。

「答えられないの、ジェローム卿？」

「チッ……つまらない説教のせいで酒がまずくなった」

　彼は酒瓶を投げ捨てた。

　同時に、馬草に刺してあった鋤《すき》へと手を伸ばす。フォークを槍くらいに大きくした形の農具である。馬草を集めたり運んだりするための道具だが。

ジェロームの手に収まった鋤は、まるで三つ叉の槍のようだった。

風を斬る音がしたかと思うと――

宙に投げられたリンゴが目前で貫かれる。

鋭い金属の穂先が、レジスの鼻に突きつけられていた。

「うわあっ⁉」

「ククク……偉そうなことを言っても、所詮は口だけだな！」

「ぐっ」

レジスは身構えるが、たいした意味はない。実力差が大きすぎる。槍代わりの鋤などなくとも、彼なら労せずして自分たちを殺せるに違いなかった。

冷や汗が背筋をつたう。

――見誤ったか？　粗暴な態度を見せていても、話し合いができる相手だと踏んだが。いや、すこし会話しただけでも判る。彼は理由もなく暴力を振るう人間ではない。だとすると、この行為の意図は？

レジスの思考は、過去に読んだ本の記憶を漁る。

いくつか可能性はあるが、どう対処するか迷っているうちに、アルティーナが動いた。

少女は庇《かば》うようにレジスの前に立つ。

左手で鋤を払いのけ、右手を長剣の柄にかけた。

「子供じみた真似はやめなさい、ジェローム卿！　言い負かされたからって、暴力で脅すなんて」

「俺が負けただと⁉　俺が負け犬か⁉」

ジェロームが鋤を旋回させる。

風が鳴った。

次に尖端が向けられたのは、アルティーナの胸元だった。

ビッ‼　と音がして、白い物が飛ぶ。

ワンピースの胸を飾っていたボタンだった。

アルティーナが顔をしかめる。

「む……」

「ククク……どうした、お嬢ちゃん……ここが戦場なら死んでいたぞ？」

「あなたに、殺す気があったのなら、ね」

「……フッ」

二人が睨み合う。

じっと動かなかった。

「こんなことで、あたしが怯えて逃げ出すと思ったわけ？」

「フンッ……口の減らない小娘だ」

威圧するもののジェロームが彼女を傷つけることはなかった。

レジスは黙って観察している。

──激昂して少女にケガを負わせるような男ではない。そのような性格の者であれば、もっと早く怒りだしているからだ。彼は粗暴に振る舞っているが、極めて理性的に会話をしている。

名誉を重んじる性格であれば、仕事をサボって酒を呑んでいた自堕落を取り繕おうとする。金銭欲に溺れているなら横領を隠そうとする。

どちらでもなかった。

であれば、全てがどうでもいいと投げやりになっているのか？　彼の境遇を考えれば可能性はあるが……無気力で無責任な人間ならば、とっくに会話を打ち切っている。

彼にとって耳障りな説教話を最後まで聞いたことには理由があるのだ。

「……試しているのか？」

「ヌッ？」

ジェローム が目をすがめる。

レジスは方針を定めた。

──今は伯爵の真意に踏みこむよりも当初の目的を優先するべきか。思わぬ藪を見つけたが、つついて蛇が出てきても、こちらの用意が足りていない。

動悸を鎮《しず》めて呼吸を整える。

「姫様……僕が尋ねたいことはわかりました。この砦に文官がいない理由は理解できました」

「そうね。あたしも、睨み合うために来たのではなかったわ」

アルティーナがうなずく。

ジェロームが怪訝《けげん》そうな顔をした。

「まだ何かあるのか？　この俺に命令する気か？」

「野盗のことよ。今までの方法では難しいと思うの。別のやり方が必要だわ。そのために兵を動かしてもらいたい」

「別の方法だと？」

「そもそも、あたしたちは、それをジェローム卿に頼むために捜してたのよ」

「……ハンッ！　下らないな」

「なにが下らないって言うのかしら？」

「その文官がいかなる戯《たわむ》れを囀《さえず》ったかしらないが、どうせ机上《きじょう》の空論《くうろん》だ。なにをやろうと、逃げ隠れする野盗なぞ見つかるものか！　放っておけ！　隊商の被害といっても高《たか》がしれてる」

「なに言ってるの⁉　市民を守るのが軍隊の役目でしょ！」

「理想を語るなよ、お嬢ちゃん。砦の兵士だけじゃ無理に決まってるだろうが。できもしない命令で兵士を振り回すな！」

ジェロームが鋤を投げ捨て、踵《きびす》を返した。

アルティーナも剣の柄から手を離す。

結局、彼女は剣を抜かなかった。実際は威圧感に負けて剣を抜けなかっただけかもしれないが……レジスの技量で窺い知れることではなかった。

立ち去ろうとするジェロームを、アルティーナが呼び止《と》める。

「どこへ行くつもり⁉」

「街だ。カジノで気晴らしして呑み直す」

「そう……なら、兵士たちに、あたしに従うように命令していって」

「断る。部下を無駄に消耗したくないのでな」

「無駄じゃないわよ！」

「クハハハッ！　無駄だ、無駄だよ、無駄！　どうせ見つからんさ。賭けてもいい」

「そ、そんなことないわよ……ここに軍師がいるんだから！」

どんどん期待が重たくなってきたな——とレジスは苦い顔になってしまう。

ジェロームが一瞥《いちべつ》した。

「フン……こんな若造の文官に頼るのか？　ますます俺の部下は貸せんな」

「決めつけないで、話くらい聞きなさいよね！」

このまま黙っていたら、ジェロームが街へ行ってしまうか。下手をすると、今度こそ刃傷沙汰に発展してしまいそうだ。

仕方ない。

軍師の真似事なんて、本当は嫌なのだが。

——そろそろ仕事するか。

しばらく黙っていたレジスだったが、話を切り出した。

「ジェローム卿は無策に街で夜遊び……兵士たちは今夜も街道の見回りですか。あまりに可哀想《かわいそう》だ」

その言葉に、ジェロームの表情が険しくなった。

「なんだと？　俺が無策？　兵士たちが可哀想？　俺の部下であることが可哀想だと？　言葉を選び損ねたな、この愚か者め……もう一度、言ってみろ。その細い首をへし折ってやる」

周りの馬房のなかで、ブヒェン！　ブヒェン！　と馬たちが騒ぎだした。

ジェロームの目つきが恐い。

まるで別人のような威圧感だった。

怒気？　殺気？　鬼気？

とにかく、先ほど鋤を振り回していたのがお遊びだったことは、レジスにも理解できた。

ゆっくりと近づいてくる男を、アルティーナが制止する。

「待ちなさい、ジェローム！」

「フンッ……ここは前線だ。二人くらい死んでも、よくあることだぜ」

「あなたが本気なら、あたしも……」

レジスは自分を叱咤する。

――気圧《けお》されるな！　止《と》めるんだ！

剣術が下手でも乗馬ができなくても荒事が苦手でも、ここで弱気になって固まっているわけにはいかない。

「ジェローム卿……野盗を捕まえる手段は、いくらでもあります。それらの策を講じないで、ひたすら効果のない見回りを続けるなんて、兵士たちが可哀想だとは思いませんか？」

「……フッ……ククク……いくらでも策があるだと？」

「はい」

ジェロームが足早に近づいてくる。一瞬前の恐ろしい気配は消えていた――と思ったが、荒々しく胸ぐらを掴まれてしまった。

苦しい。

「貴様！　その言葉に命を賭けられるのか⁉」

「まさか……賭けになりませんよ。絶対に成功しますから」

レジスとジェロームの間にアルティーナが割って入ってきて、引きはがす。

「乱暴はやめなさい！」

「フンッ」

「ケホケホ……」

アルティーナが確かめるように尋ねてくる。

「大丈夫？」

「……僕はね、君が期待しているような軍師じゃない。でも、この件については大丈夫だ。成功することは、もう知っている」

†

ジェロームの命令により、正門前の広場に兵士たちが集められた。

とりあえず、六〇〇名。

レジスは兵士たちの前に立っていた。隣にアルティーナとジェロームがいる。

「フンッ……これで本当に足りるのか？　騎士じゃなく、歩兵ばかりだが」

ジェロームに尋ねられ、レジスはうなずいた。

「はい、今回の作戦に騎兵は使いません……しかし、号令ひとつで、この集まり方とは。僕が見てきた部隊のなかでも群を抜いた練度と統制です」

「世辞を言うな、軽々しい。文官は、それだから気に入らんのだ」

「そ、そうですか……」

本心からの賛辞だったのだが。

ジェロームは昼間から酒を呑み、無策に兵士たちを働かせていた将校だ。人望を失っている不安もあったが、杞憂《きゆう》だった。

英雄と呼ばれた活躍ゆえか、今でも健在な武芸ゆえか、意外と部下想いの言動ゆえか、とにかく彼の統率力は高い。

アルティーナがぼそりとつぶやく。

「……言うこと聞かないと、おっかないからじゃない？」

「はは……」

それじゃあ、動物だよ——と思いつつも否定できないレジスだった。

そのおっかないジェロームが睨みつけてくる。

「オイ、貴様。わかっているんだろうな？　これでしくじったら命はないぞ。次に蛮族が攻めてきたときは、最前列だ。一番槍は名誉だぜ、誉《ほま》れ高く死ね」

突撃する部隊の先頭は、武勇自慢のポジションである。

互いの一番強い兵が最初に激突する。

レジスくらい脆弱だと、突撃の速さについていけず、転んで後続に踏まれて死ぬかもしれない。

「恐いですね……ちなみに、成功したら？」

「ククク……言うじゃないか。成功したら認めてやろう！　生きてていい」

「魅力的な報酬ですね」

それでは——とレジスは兵たちに作戦を説明していく。

さほど複雑な作戦ではない。

むしろ、複雑な作戦など、実行する前から失敗しているとレジスは思う。大勢が参加するのだから簡潔さが第一である。

説明を終えた。

理解はできたはず。

しかし、理解できたがゆえに、ほとんどの兵士たちが戸惑った顔をしていた。

「お、俺たちに……隊商の真似事をしろってのか？」

「そうですね。真似事ではなく、偽装ですが」

「そんな策は聞いたこともねえぞ⁉」

「野盗も同じであることを祈ります。みなさんは荷車を引き、荷馬車と一緒に歩いてください。鎧はなしで服の下に隠せる甲だけをつけます。戦闘では不利になりますけど、野盗にならなら、それでも充分に勝てるでしょう――勝てますよね？」

ジェロームに尋ねると、彼が大声をあげる。

「当たり前だろうが！　鎧なんぞ飾りだ。たとえ素手でも野盗ごときに後《おく》れを取るなど、俺が許さない。勝てないなどと寝言をほざく奴は、首をへし折って棺桶で故郷に帰してやるから、前に出てこい！」

「「ウィスッ‼　勝てるであります‼」」

兵士たちから、口々に肯定の言葉が出てきた。

頼もしい限りだ。

この荒々しい雰囲気は、レジスが前にいたテネゼ侯爵の貴族軍にはなかった。あの兵士たちは、普段は帝都や貴族邸宅を守護しているだけあって、気品すら漂わせていた。侯爵が亡くなって大半は他の貴族に引き取られたらしい。

元気でやっているだろうか？

故郷を懐かしむような気持ちになるが、振り払って、レジスは今の仕事に意識を戻した。

目の前の兵士たちに、細かい指示を伝えなくてはならない。

「……重要なのは、普通の隊商と同じに見えることです。どうせなら高級そうな物品を運んでいると思わせたいので木箱がいいですね。軽すぎると馬車の速さでバレますから、石でも詰めてください。武器は荷台に隠しておきます」

集められた兵士のなかには名誉を重んじる者もいる。貴族である騎士は呼んでいないが、歩兵であっても人それぞれだ。

「納得いかぬな！　まるっきり荷運びではないか！　名誉ある帝国軍の正規兵をなんと心得る⁉」

「うーん……無理に参加してほしいとは言いませんが……立派な格好をしていて野盗も捕まえられない兵士と、巧みな偽装で街道に平和をもたらす兵士と、どちらに名誉があるでしょうか？」

「うっ……むむむ……いや、しかし……」

「奇襲のとき、潜んで好機を待つのと同じです。わざわざ隠れているのに、声高らかに名乗りをあげるのが名誉でしょうか？」

黙りこんだ兵士に代わって、ジェロームが答える。

「考えるまでもない。隠れているときに声をあげるような馬鹿は、俺が黙らせる。心臓を一突きでな！」

「なるほど、戦死は理由を問わず名誉ですね」

もう異論は出なかった。そもそも、ジェロームがやると言ったら、兵士たちに拒否権などないのだろう。

アルティーナが尋ねてくる。

「それで？　あたしは、どうすればいいの？」

「は？」

「また幌《ほろ》馬車の御者をやる？」

「……姫様は、髪も瞳も顔立ちも目立ちすぎますから、おとなしく待っていてください」

「なっ⁉　待ってるだけ⁉」

「そうですね……ああ、いや……」

「なになに⁉」

「こちらの作戦が変わったことを野盗たちに悟られたくないので、見回りは行ってください」

「え……無駄なのがわかってる見回りに？」

「そうですね。作戦が変わったことを悟られないための見回り、と割り切ってください。市民にも軍人がサボってると思われたくないですし」

「ううぅ……わかった……」

納得はしたものの、期待していた役割と違ったのか、アルティーナはしょげていた。

準備ができた者たちから、シエルク砦を出る。

こうして、幾つかの偽装隊商が街道へと向かうのだった。

†

一週間ほどで、成果は出た。

作戦に懐疑的だったジェロームだが、意外にも彼自身が変装して参加した。なにか思うところがあったのか。

荷運びの格好をして、荷車を押したのである。

そして、幸運なことに――相手にとっては、不運なことに――狙い目の隊商だと思いこんだ野盗たちに襲われた。

レジスの筋書き通り。

連中は、傭兵くずれとおぼしき風貌だったという。

「グハハハ！　荷物を渡しな！　そうすりゃ、ひと思いに楽にしてやるぜ！」

野盗が高笑いした。

槍で突き刺してくる。

その穂先を――指先でつまんで受け止めた。荷運び姿の男が、である。

「俺の領地で好き勝手やってくれたな……害虫どもめッ‼」

野盗は驚愕に目を見開いた。

荷運びの正体は《エルシュタインの英雄》黒騎士ジェロームだったのだ。

他の荷運びたちも、荷台から剣を持ち出す。

雄叫びと、悲鳴は同時だった。

そこからは、一方的。

戦闘と呼べるようなものにはならなかったという。

ジェロームと、その部下たちは、テュオンヴェルの街で喝采を浴び、凱旋した。


その夜――

「クハハハ！　俺が許す！　好きなだけ呑み、食べるがいい！」

酒瓶を片手にジェロームが高笑いする。

士官用の食堂には、主立った上級士官たちが集まり、祝杯をあげていた。

アルティーナも参加している。今回は目立った活躍をしていないので、末席になってしまったが、作戦が成功したことを心から喜んでいる様子だった。

彼女を笑顔にできてよかった――とレジスは安堵《あんど》する。

他には、騎士団長エヴラールの姿もあった。彼は貴族にもかかわらず隊商の格好をして積極的に手伝ってくれた。

酒宴は進む。

屈強な男たちが叫び、笑い、語り合っていた。

今頃は広場でも、作戦に参加した一般兵たちが、他の者たちに武勇伝を聞かせていることだろう。

本来ならば、レジスも広場にいるべき下級士官なのだが……

作戦の立案者ということもあって、上級士官用の食堂に呼ばれていた。

しかも、ジェロームのいる主役格のテーブルである。席が彼から離れているのと、隣にアルティーナが座っているのが救いだが、狼の群れに迷いこんだ犬のような心境だ。心細い。

ジェロームが怒鳴り声をあげる。

「オイ、レジス!!」

「えっ……僕ですかね？」

「俺の連隊に、レジスは一人しかいないんだ！」

「ああ、なるほど……ちなみに、僕は人事的には姫様の部下になるわけですが……」

隣でアルティーナが、うむうむ、とうなずく。

ジェロームの眼光が鋭さを増した。

「うざい、黙れ」

「…………」

相変わらず理不尽である。

「オイ、レジス……貴様は、どうやって、あんな作戦を思いついた？」

黙れと言われたから黙りこむ、という子供じみた反撃が脳裏をよぎったが、冗談が通じないと死んでしまう。笑いに命を懸ける人にはなれなかった。

「……本で読んだから知っていただけですよ」

「ほう？　野盗を見つける方法が書いてある本なんかあるのか？」

「いえ、実践された報告は読んだことがないですね。わざわざ自分の作戦を本に残すような人は外見にもこだわる傾向が強いのかもしれません。僕がヒントを得た本は、海賊について書かれたものでした。海賊は商船に偽装して、他の商船や小さな港を騙して油断させておいて襲うんです。他にも変装して騙す話は枚挙《まいきょ》に遑《いとま》がありません。やや古い本になりますが、傑作なのが――」

「ちょっと黙れ」

「う…………」

久々に本の話をしたものだから状況を忘れて語ってしまった。

ジェロームが思案顔をする。

そこへ、メイドのクラリスが厚切り肉を山盛りにした大皿を持ってきた。

「………」

本当に無口だ。笑いもしない。

テーブルに大皿が置かれると屈強な男たちが歓声をあげた。

アルティーナが「すまないわね、クラリス」と気にかけると、彼女は黙ったまま一礼してキッチンに戻っていく。

よく似た別人ではないのか――とレジスは目を疑った。

ジェロームが喉《のど》を鳴らして酒をあおる。

「フンッ……まぁいい。俺は戦功には報いる。そいつが、どれほど気に入らない奴だとしてもな。たとえ、文官だとしてもだ」

喜ばしいような。

罵倒されているような。

「オイ、レジス！　貴様、今回の作戦だけで種切れなんてことないだろうな？　もう何も思いつかないって言うなら、卵を産まないニワトリだぜ？」

「ああ……作戦ですか。いい考えが浮かぶかは状況によりますけど……」

「ニワトリは雪の日でも卵を産むがな？」

「晴れた日なら卵を産むニワトリを絞めることもないでしょう」

「クッ、クハッ！　まだ頭は回りそうだな。よし、認めてやろう！　生きてていい」

「そうですか……どうも」

それ以降、ジェロームが話しかけてくることはなかった。

彼の言葉に、どういう意味があったのかはわからない。

しかし、それまで存在を無視していたかのような上級士官たちが、グラスを片手に話しかけてくるようになった。

むしろ、アルティーナのほうが居場所がなく、肩身が狭そうだった。

†

夜が明けようかという頃、ようやくレジスは自室に戻ることができた。

上着を脱いで、イスにかける。

「やれやれ、すっかり遅くなってしまったな……」

酒の匂いが髪に絡んでいる気がした。濡れた布巾《ふきん》で拭ったくらいでは落ちないらしい。

「う～ん、まぁ……起きてからでいいか……どうせ、そう長くも寝られない……」

あくび混じりにつぶやき、ベッドに横になった。

目を閉じる。

その直後、木製のドアがノックされた。控えめな音だった。

誰だろうか？

しかし、眠たい。

カギなど掛けていないのだから、勝手に入ってきてくれると楽なのだが。

起きようか寝てしまおうか、レジスが迷っていると、もう一度鳴った。

仕方がない。

レジスはベッドから起きあがると、三度目のノックの前に、ドアを引いた。

赤髪の少女が立っている。

夢でも見ているのかと思った。

祝賀会のときにも着ていたドレスみたいなワンピース姿ではあるが腕甲などはつけていない。あれを装備したままノックしていたら、さぞかし大きな音がしたことだろう。

「……あ、あの……こんばんは、レジス。おはよう、かしら？」

「アルティーナが……これは夢か？」

「違うと思う。ねぇ、入れてくれない……？」

彼女が廊下の左右を気にする。

訪ねてきた理由はわからないが、追い返す理由もないから、レジスは部屋へと招き入れた。

「いったい、どうしたんだ？　こんな夜更けに。いや、早朝か？」

「もう外は明るいものね。眠いなら出直すわ……とても大切な話だから……」

「大丈夫だよ。先ほどまでは眠気が来客していたが、君の来訪に驚いて帰っていったからね」

「うん。いつものレジスみたいね。理屈っぽくて言い方が回りくどいわ」

「こんな時間に、僕の性格を矯正しにきたのか、君は？」

「そうじゃなくって……酔っていたり、寝ぼけていたら困るの」

「さほど呑んでない、平気だ。大切な話って？」

「……レジス、あの幌馬車で話したことを覚えてる？　初めて会ったときの」

「今さら、不敬罪だなんて言うなよ？」

「冗談ではなくて」

窓からは、かすかに朝の光が差しこみはじめている。淡い光に照らされた少女の紅い瞳からは真剣さが感じられた。

レジスはベッドの近くにイスを持ってくる。来客用のイスはないから、アルティーナにイスを勧めて、自分はベッドに腰掛けた。

「……それでいいかな？」

「ありがとう」

皇姫と平民の身分を考えたら、自分は床にでも座るべきかもしれないが、そんな関係を望んではいないだろう。でなければ、こんな時間に侍女《じじょ》も連れず部屋を訪れるわけがない。

夜に忍んで女性が男性の部屋に来るなんて——これが帝都で流行の空想小説だったら、周りに人がいないか確かめてしまうシーンに突入する流れだった。

思わず、まじまじと彼女を見つめてしまう。

アルティーナが自分の頰をなでた。

「ん？　どうしたの、レジス？　あたしの顔になにかついてる？」

「……いや、またバカバカしい考えが浮かんだから、頭から捨てているところ」

「あら、意外と当たってるかもしれないわよ？」

「なんですと⁉」

「言ってみたら？」

「いや、しかし……そんな……マズイだろう、それは……君は未成年だし……………」

「歳なんて関係ないわ。あたしは本気よ」

「はぁっ⁉」

「もう決めたことよ。どれほどの障害があろうとも……力がなかろうとも、やってみせる」

「な、なにを？」

かつてないほど混乱してきた。

心臓の鼓動が速まっている。

アルティーナが迷いながらも言葉を続けた。

「あ、あの動けなくなった幌馬車のなかで、あなたは言ったわよね——貴族たちは無益な戦争を続けて国民の命と財産を浪費するばかり——と」

「危なかったやっぱり違ってた‼　そ、そうだな！　うん、政治のことだな。話したこと、全部、覚えてる」

「あのときの言葉に偽りはない？」

「ない」

ようやく話が見えてきた。

レジスは動悸を鎮めて、うなずきを返す。

「今でも、貴族たちに憤《いきどお》りは感じてる？」

「当然だ……この砦には、英雄ジェロームがいるから、蛮族もうかつに手出ししてこないが、酷い地方は本当に酷い。負けて取られて、攻めて取り返して、犠牲者ばかりが増えている。僕の士官学校の同級生のうち前線勤務になった連中は、卒業後の三年で半分に減ったよ。みんな……いいヤツらだった……」

今の帝国の方針に問題を感じているのは偽りではない。

アルティーナがうなずく。

「……あたしも、今の帝国が正しいとは思えないわ。国のことを考えるべき皇族や貴族たちが、醜い権力争いばかりしているもの」

「そうだな。皇族である君から、そういう言葉を聞くと、すこしは明るい気持ちになれるけど……」

「あら、どうして？」

「帝国の制度では下々の意見は国政に反映されにくい。とある国では、民衆全員の投票によって方針が決まるなんて制度もあるようだが……」

「面白いわね……あなたは、そういう国になったほうがいいと思う？」

「いいや、時期尚早だな。法律や軍事や経済など必要なことを学んでない民衆が国政に口出ししても、舵取りを誤る可能性のほうが高いだろう。酒場で政治はできない」

「たしかに、不安よね」

「だからこそ、皇族のような高い地位の人が、正しい方向へと考えてくれるなら、国民としてはありがたい」

「正しい、と本当に思う？」

「大多数の国民にとってはね。皇族である君が、そうした意見を持っているのは不思議だけれど」

　アルティーナの価値観は平民からすると普通の感覚だが、皇族という身分を考えると珍しいものだった。上流階級の人間は、総じて傲慢《ごうまん》で差別的で選民主義者だ。

「お母様から、よく聞かされたの。市民の暮らしがどういうものか」

「そういや、クローディット皇妃は平民の出身だったな。もしかして、あの方も帝国の改革を？」

「ううん。お母様は、そういうことを考える人じゃないわ。苦しいことも悲しいことも辛いことも受け入れて我慢して無欲でいるの。目的を持って行動するってことのない、普通の人よ」

「たしかに、それが普通だな……」

大多数の国民が不平等な貴族制に異を唱えないからこそ、帝国は成立している。

アルティーナの表情が曇る。

膝のうえに置かれた手が、きゅっと握られた。

「あたしは帝国を変えたい……でも、今のままだと……なにもできないまま終わってしまう……」

彼女は絞り出すように、ある男の名前を挙げる。

第二皇子ラトレイユ。

「彼の後ろ盾は強大だわ……遠からず、第一皇子オーギュストは継承権の放棄に追いこまれるでしょう」

「そうだな。このままなら」

「あいつが皇帝になってしまう。そうなったら、あたしの将来は、あいつが決めることになるわ……あの抜け目のない男が、皇族に自由など与えるわけがない。あたしが嫁《とつ》がされる先は、きっと皇后派の大貴族に違いないわ」

「……そうなるだろうな」

彼女には自分の末路が見えている。

残念ながら、帝国のあり方に意見する機会は得られないだろう。

「牢獄も同然よ」

アルティーナは歯噛みした。

帝国を変えたいと願っている。けれども、ラトレイユ皇子が皇帝になったら自由を奪われてしまう。

レジスは首を横に振った。

「君の気持ちはわかる。僕だって、憤りを持っているから……でも、だからといって、なにができる？　平民には平民の生き方がある。第四皇女には第四皇女の生き方があるんだ」

「そうよ。もう決められているの……待っていたら、なにもできない」

「ああ、そういうものだ」

「それでも……あたしは、帝国を変えたいの。牢獄に入れられるのを待っているわけにはいかないわ」

勢い込む彼女をレジスは制止する。

「落ち着いてくれ、アルティーナ……ラトレイユ皇子が皇帝になることも、君の将来についても、帝国という大きな流れのなかで決まっていることなんだ。まさか……それに逆らう気なのか？」

「………その必要があるのなら」

落ち着いた口調ではあったが、熱を込めて彼女は断言した。

レジスは身震いする。

「無謀だよ。ときとして情熱は狭窄《きょうさく》をもたらす……君は命を落とすことになるぞ」

しかし、紅《くれない》の瞳に迷いはなかった。

すでに覚悟している、と表情が物語っていた。

「帝国を変える。それがあたしの生きる目的なの。あきらめるのは、人生をあきらめるのと同じだと思う」

「あ……」

レジスは息を呑んだ。

かつて自分が口にした言葉と、こんなところで再会するとは思っていなかった。

どうして、アルティーナがレジスを理解者だと感じたのか。

やっと、わかった気がした。

「この気持ちを貫くためには動くしかない」

「決めつけたもんじゃない、アルティーナ……よく考えないといけないよ……」

「考えるだけなら、すでに数え切れないくらい考えたわ。その間《あいだ》にも、大勢の民衆が苦しんでる。この帝国を変えるために必要なものは無数にあるけれど、一番足りないのは時間よ！　もう立ち止まってはいられないわ！」

レジスは肩を落とした。

自分には止《と》められないのだとわかった。

悲しいと思う。

「ああ、アルティーナ……君は聡明だな……もっと愚かだったなら、いくらでも安楽な人生を送ることができただろうに。その容姿と血筋なら、夫となった男は多くの愛情を注いでくれただろう。歌を遊び、美酒を嗜《たしな》み、観劇に酔い、春は丘へ、夏は川へ、秋は森へ、冬は城へ、宝石を愛で、ドレスを着飾り、貴婦人としての幸せを享受するになんの不足もない」

「そして、どれほどの贅沢をしても、圧政に苦しむ民衆から搾取しているという罪悪感からは逃れられないのね」

「はぁ……そんな話もしてしまったな……」

「あたしの胸に渦巻いていた疑問に、あなたが答えをくれたのよ」

「まったく、僕は……最悪だよ。〝知識は人を幸福にしない〟——僕の一番好きな本に書いてある言葉だ」

レジスは、もう彼女を見つめることしかできなかった。

毅然《きぜん》とした表情はあまりにも美しく、堂々として、決意の固さを感じさせる。

薄紅色の唇が開かれた。

「あたしは皇帝になる。あなたの叡智《えいち》が必要なの」

レジスは息をするのも忘れ、赤髪紅瞳《せきはつこうどう》の皇姫の姿を目に焼きつける。

十四歳の少女が背負うには重たすぎる宣言。

向かう道行きには、あまりに多くの困難が待っているだろう。

承知のうえで、進むのだという。

ベルガリア帝国の初代皇帝が、蛮族のことごとくを打ち倒して帝国を築くと唱えたとき、周りにいた者たちも、このような感慨を抱いたのだろうか？

もしも、この手に世界を変えるだけの力があるのなら彼女の望みを叶えたい――そう心から思う。

「でも……アルティーナ……僕には、君が期待するような才能はないと思う」

「レジス、あたしは三ヶ月ほど前、あなたのことを噂で聞いていたの」

「噂？　どういう？」

「優秀な軍略家で、知識人で、洞察力もあるって」

誰がどこでどんな噂を流したのやら。

レジスは恥ずかしくて穴があったら入りたいくらいだった。

「噂なんて尾ヒレ背ビレにヒゲまで生えるものだよ。もしくは人違いだ」

「そういう気弱なところも含めて。会ってみて期待は確信に変わったの。もちろん、すべてを理解できたわけではないけれど、信じられる人だと思った。能力も性格も思想も」

「そんな簡単に……」

「簡単には決めてないわよ。御者の真似事までして本心を聞いてみたり、苦労したんだから」

「ああ、そんなこともあったな」

「だから、理由はあるの。そのうえで、人が人を信じるのって、最後は理屈じゃないって思わない?」

「……そういうものか?」

「そういうものよ!」

「うーん……しかし……でもなぁ……」

レジスは返答に困る。

沈黙が落ちた。

静かになる。

状況を破壊したのは、荒々しいノックだった。

同時に怒鳴るような声があがる。

「オイッ、レジス! 起きてるか!? ちょっと話があるんだがな!」

「ジェローム卿か……!?」

「なっ⁉」

アルティーナの顔が青ざめた。命に関わる秘密を告白した直後のことだ。様々な不安が重なって、冷静ではいられないのだろう。

レジスは顔を近づけ、外には聞こえない程度の声で話しかける。

「……落ち着け、アルティーナ……隠れるんだ」

「……は、話……聞かれた⁉」

「……だとしたら、ノックなんかしない」

「……あ」

「それよりも、こんな時間に僕の部屋で二人きりだと知られるほうがヤバイ。具体的には僕の命がヤバイ」

「……え？」

「……いいから、隠れてくれ」

「……ど、どこへ⁉　本棚の裏もベッドの下も隙間なんてないわ」

「……どどどこでもいいよ」

荒々しいノックと怒鳴り声がする。

「いないのか⁉　オイ！　とりあえず、入らせてもらうぞ⁉」

「うああ～、待ってくれ！　待ってください。今、ちょうど着替えてて全裸で……」

「ハッ！　気にするな。貴様の粗末な体に興味はない。入るぞ！」

ドアが押し開けられた。

†

ジェロームが入ってきたとき、レジスはベッドに横たわり、胸から下は毛布の中だった。

「ああ……すみませんが……僕は恥ずかしがり屋なので……」

「フンッ、好きにしろ。貴様が着替え中だろうと、食事中だろうと、俺の話を聞いてればいいんだ」

「そうですか……ぅ……」

もぞもぞと毛布のなかで動く。

薄いシャツごしに体温が伝わってきた。

「はぁ……」

息づかいも感じられる。

レジスはベッドに仰向けに横たわったまま、冷や汗をかいていた。

アルティーナが毛布の中にいる。

体の線が離れないように、ドアの反対側である左からレジスに抱きついていた。戸口から入ってきたジェロームはベッドから見て右方向にいる。すこしでも隠れるようにしているわけだが。

心臓は早鐘を打ちっぱなしだった。

アルティーナの左腕は、レジスの腹の上に置かれて、右腕は背中の下へ潜っている。彼女の頭はレジスの左脇腹のあたり。そこが膨らんでいると、さすがにバレそうなので、大きめの本を開いて胸元に持っていた。

ちょっと不自然な体勢だが――

果たして、ジェロームが毛布の中について、なにか言ってくることはなかった。

「聞けよ、レジス」

「はい……」

「俺はな、貴様のことは気に入らない。文官は口先ばかりで役に立たない塵《ごみ》だと思っている」

「そ、そうですか……帝都に帰れと？」

「言っても聞かないだろ？」

「僕は姫様の部下ですからね……ぅ……」

もぞっと動いてアルティーナの脚が、レジスの脚に絡んできた。できるだけ密着して隠れようとしているのはわかる。

しかし、これは心臓に悪い。

彼女のやわらかい太ももの感触が、レジスの太ももに伝わってくる。そのうえ、自分の脚の内側に、少女の脚が当たっているというのが、また未体験の感覚だった。

レジスの左脚が、アルティーナの両脚に挟まれるような形になる。

心臓は病気かと思うほど動悸を加速させていた。このまま、心臓麻痺で死ぬかもしれない。

——意外と悪くない死因……いやいや、それは残念すぎるだろう！

レジスの頭は大混乱中だった。

ジェロームが近づいてくる。

「あっ、ちょっと、伯爵……待ってくださ——」

「聞け！」

「はい」

ズダンッ!!　と彼は、置いてあったイスの座面に右足を乗せた。靴を履いたままである。

高くなった右膝に、右肘を置いて、前のめりになる。左手は腰へ。

「貴様は塵だ。しかし、使える塵だ。俺は使える者なら塵でも使う主義でな」

「は、はぁ……」

「ただし、命令を聞かない奴は部下じゃない。わかるな？」

「……つまり、僕がジェローム卿の命令に従わないのが、ご不満なんですね？」

「ああ、不満だな！　大いに不満だ！　お嬢ちゃんの部下だというのを聞くだけで腹立たしい！」

「うーん……一応、伯爵も、姫様の部下になるんですが……」

「それが一番、納得いかないんだ!!」

「ですよね」

「そこでだ。貴様から、お嬢ちゃんに言え。直属の上官を俺にする、とな」

「ああ、なるほど……」

伯爵は軍規違反が軍服を着て歩いているような男だが、必要とあらば段取りを踏むこともできるらしい。

ジェロームが直属の上官になれば、彼の裁量でレジスに命令を出すことができる。それでもアルティーナの部下という立場に変わりはないが……

部下が伯爵のほうを選んだという事実が必要なのだ。

「ククク……俺の部下になれよ、レジス」

「そ、それはですね……」

抗議するかのように、毛布のなかの少女が左脇腹に強く抱きついてくる。気持ちはわかるが――バレる!!

毛布のうえから、小さな頭に、本の角を落とした。

痛くはなかったはずだが。

静かになった。

落ち着いてもらいたい。

ジェロームが珍しく静かに語りかけてくる。

「……俺とて……この北国で永久に凍りついている気はないんだ」

彼の反発心は当然のことだろう。

それでも、抗うのが難しいのが帝国という大きな体制だ。

「策はあるんですか？」

「当然……いや……俺がなにをするか、貴様なんぞには関係なかろう。自惚《うぬぼ》れるなよ、五等文官ごときが」

「まぁ、そうですね」

「人手が必要になりそうだから塵でも使ってやると言ってるんだ。感謝するんだな」

「給料ぶんの仕事はします。人事については姫様の意向が……」

「俺よりも、お嬢ちゃんを選ぶと？」

「そ、それは……今すぐには決められません」

「いいだろう、よく考えておけ。まぁ、考えるまでもないだろうがな」

ジェロームがイスから足をどけて戸口へと向かった。

レジスは慎重に質問する。

「その話……断ったら、どうなります？」

「俺は慈悲深い男だ。苦しまないように終わらせてやろう」

ビクッと反応したのは、抱きついているアルティーナのほうだった。

レジスは軽く彼女の頭を押さえる。

「……それは……寛大ですね」

断るはずがない、と確信した笑みを残してジェロームは部屋を出て行った。

†

「ぷはっ！」

毛布をめくってやると、アルティーナが体を起こす。

さすがに熱かったのか頬が赤い。

「大丈夫か？」

「はぁ……はぁ……大丈夫じゃないわよ！」

「こ、声が大きい」

「ぐっ」

ズイッとアルティーナが顔を寄せてくる。

ベッドで横になったままのレジスに、馬乗りになった。

かなり大胆な状況だ。

自覚はないのか？

おそらく、いろいろと知らないから、わかっていないのだろうが。

彼女の重みを腹のあたりに感じる。

レジスのほうが恥ずかしくて赤面してしまった。

「あ、あのな、アルティーナ……とりあえず、落ち着いて、降りてから話を……」

「ジェロームの部下になりたいの⁉」

「まさか！」

「だって、断ったら、殺すって言ってたわ」

「脅しだけだよ……」

「でも……断らなかったわ」

「いや、それは、君がいたから……」

もしも、彼の申し出を拒絶した場合、腕力を使って脅してくる可能性があった。そうなったら毛布に隠れていた彼女は確実に見つかっていたわけで。

そこに考えが至らないのは、すこし冷静さを失っていると言わざるをえなかった。

アルティーナが、ぎゅっとレジスのシャツをつかむ。

紅色の瞳がうるんでいる。

涙ぐんでいた。

いかなる宝石《ルビー》も、この美しさにはかなうまい——とレジスは場違いなことを思った。

少女の白い頬を透明な雫がつたい落ちる。

「協力して！　あなたが必要なの！」

「……ッ⁉」

レジスは息を呑んだ。

真剣な表情で見つめられる。

自分の顔が熱くなるのを感じた。

ちょっと冷静さを欠いているよな。お互いに——とレジスは深呼吸する。

できるだけ落ち着いた声で。

「いいかい、アルティーナ……伯爵の申し出を断らなかったのは、君が見つかる危険性を回避するためだ」

「あ………そうだったのね。ごめん」

「そして、断ったら殺すなんてのは脅しだよ……彼の性格は、だいたいわかった」

「あなたが砦に来てから、まだ一週間しか経ってないのに？」

「ずいぶん手こずったほうだ。彼は癖の強い男だからな」

「本当に？　あたしの性格は？」

「……君のことは、いまだに、よくわからない」

「なによ、それ……ごまかしてない？」

「嘘は言わないよ」

「そうだったわね、あなたは嘘が嫌いだわ。じゃあ、正直に答えて……あたしのこと、手伝ってくれる？」

不安と期待の同居した表情。

吐息が感じられるほどの距離だった。

大きな紅の瞳に写るレジス自身の顔がわかるくらいの近さ。

これほど必要としてくれた人はいなかった。

認めてくれた人はいなかった。

けれども、レジスには自信がない。

「……本音を言おう……君がやろうとしていることは、体制への反逆だ。多くの権力者たちを敵にまわして、おそらくは皇帝の意向すら聞き入れず、押し通すことになるだろう。いくら、継承権があるとはいえ……民衆はともかく、大貴族たちが支持するはずがない」

「そんな危ないことには手は貸せない？」

「逆だ。困難な理想だからこそ、僕は君の力になりたいと思う」

「本当⁉」

沈みかけたアルティーナの表情が明るくなる。

それを押し止《と》めた。

「待ってくれ。だけど……だけど……君の役に立てる自分が想像もつかない」

「どうして？　テネゼ侯爵への進言でも、ジェローム卿の説得でも、野盗を見つける作戦でも実力を見せてきたじゃない。それに、過去にも軍略で戦功を立てたことがあるでしょ」

「あんなのは、たまたま知ってたからだ。僕はただの読書家なんだよ。知らない状況に陥ったら、きっとなにもできない……そんな中途半端な人間を信頼して、野心を抱くなんて無謀すぎる。僕は力不足を承知で要職を引き受けたくないんだ。もしも、肝心な場面で失敗したら？　君のやろうとすることは命がけだ。二度目の機会は与えられない。もっと慎重に人選するべきだよ。僕と知り合ったのは君にとって不運だったんだ。いずれ、本物の軍師と巡り会うかもしれない……たまたま、最初に会ったのが、僕というだけで……」

アルティーナが肩を落とした。

うつむいた彼女の額がレジスの額に当たる。こつん、と。

思わず息を呑んだ。

唇が近い。

「レジス……」

脱力したような呼び声だった。

とうとう呆れられただろうか？　それも仕方がない。

「アルティーナ……？」

「……本当に、あたしの軍師になりたいと思ってる？」

「軍師はともかく、手伝いたいと思ってる……だけど、うまくやれる自信がない」

額から体温が伝わってくる。

彼女のほうが少しだけ温かいのだと感じた。

「ねぇ、それじゃあ、こうしましょ？　あなたが自分を信じられないぶん、あたしが、あなたを信じるわ。それなら、一人ぶんの信じる気持ちになると思わない？」

詭弁だと思う。

けれど、自分を信じるよりは、アルティーナのほうが信じられるかもしれない。

「……君が僕を信じて……僕は君を信じればいいのか？」

彼女が体を起こした。

触れ合っていた額の感触が少しだけ残っている。

離れたのは額だけで、まだレジスのお腹のあたりに座りこんでいるわけだが。

「うん、あたしを信じて——と言いたいところだけど。今のあたしには、無理だなって気づいたわ」

「どうして？」

急な心変わり。

先ほどは、皇帝になると力強く宣言していたのに。

しかし、彼女の瞳にあきらめの色は見られなかった。

表情からは決意が感じられる。

「ジェローム卿が、あなたを部下にしたいって言ったでしょ?」

「ああ……」

皇帝になると宣言したときから、今の間にあったことといえば、それしかなかった。

ジェロームと自分を比べたのだろう。

たしかに、実績の差は大きい。

「ほとんどの兵士たちが、あたしよりもジェローム卿のほうを信じてるもの。あなたにだけ、あたしのほうを信じて——なんて自分勝手なこと言えないわ」

「成功に近いのはジェローム卿だと思う。彼は帝都に返り咲くかもしれない」

「もしかしたら、皇帝になっちゃう?」

「いや……」

簒奪《さんだつ》となると難しい。

ジェロームが無類の強さを持っていても、彼の兵士たちまで一騎当千というわけではない。帝都を守護する第一軍は国中の強者を集めた部隊であり、装備も充実している。

なにより、勝っただけでは人心がついてこない。

戦争には大義が必要だ。

レジスはその思索を打ち切った。

「ダメだな。彼のことは支持できない……ジェローム卿が支配者になったとしても、戦争は終わらないだろう。領土は広がりそうだが」

アルティーナも同意する。

「そうね。ジェローム卿には託せないわ。あたしの理想を実現するには、あたし自身が変えるしかない」

「そうか……やっぱり、あきらめたわけではないのか……」

この失言に、彼女が牙をむいた。

食ってかかってくる。

「ちょっと失礼ね！　心臓が止まるかと思うほどドキドキして言ったのに！　簡単にあきらめるほど軽々しい気持ちだと思ったわけ⁉」

アルティーナが伸びをしてから、ずんと体重をかけてくる。

お腹に衝撃が来た。

「うぁぷっ⁉」

「あ・や・ま・れ～」

お腹のうえで、ゆっさゆっさと体を揺する。

そのたびに衝撃が来る。

ベッドが軋んだ。

「はみでる、はみでる、パーティーで食べたものが、はみでる……ごめん、ごめん！」

「信じてもらうのは、あたしの役目だわ。今は、あなたの気持ちが確かめられただけで充分よ」

ふぅ～、と息をつく。

お腹への攻撃がやんだ。

「よろしい」

「吐きそう……」

「そっちの気持ちじゃなくてね」

「……なにをする気だ？」

「兵士がいなかったら、軍師がいても手腕の振るいようがないでしょ？」

「普通はな……」

「なんとかするから任せて」

「アルティーナ……無茶をするのは反対だ」

「軍師としての意見？　野望を共有する同志として？　友だちとしてだったり？　あ、それとも……」

「う～ん、まぁ……五等文官としてだな」

「そうよね」

すっと彼女の手が伸びてきて、むにっと鼻をつままれた。

「ンッ⁉」

アルティーナは、レジスの鼻から手を離すと同時に、体の上からもどいた。

ベッドから猫のように軽やかに降りる。

目で追う間《ま》もなく、もう戸口のところにいた。

「おやすみ、レジス」

彼女もまた、なにかを確信する笑みを残して部屋を出て行った。

ドアが閉まる。

静寂。

半身を起こしていたレジスは、一気に全身から力が抜けてベッドに体を預ける。

鉛のように重たい。

外から小鳥のさえずりが聞こえてきた。

とんでもないことが、寝る間際《まぎわ》になって立て続けだ。

「なんなんだ……これ……」

野盗の件を通じて、辺境連隊の状況を把握したレジスは、ひとつの確信を持っていた。

次に必要なことは指揮系統の一本化。アルティーナとジェロームの歪《いびつ》な関係を正常化するのが急務であろう、と。

理想はジェロームがアルティーナを司令官として認めることだ。

難しい場合は、次善の形ではあるが――アルティーナが自身をお飾りだと受け入れることだと考えていた。

ところが、なんとレジスの発言をキッカケに、彼女は皇帝になるという野望へと歩みはじめてしまった。

お飾りだと受け入れるなんて、死んでもしないだろう。

しかも、そんな不用意な文官が両方から望まれるという不思議なことが起きている。

レジスを巡って、アルティーナを軽視しているだけだったジェロームが、明確に利害対立を持つようになってしまった。

泣きそうだ。

「……なんだこれは？　もしかして、僕が状況を悪化させてる元凶じゃないのか？　なんてことだ。僕はただ本を読んでいたいだけなのに……」

そうだ、本を読もう。

神経が昂ぶっていて眠気など百年待っても訪れそうにない。

レジスは書棚から新しい本を持ってくると、その頁をめくりはじめた。

「本はいいよな……読んでるときはすべてを忘れられる……」

忘れられるはずなのに。

気がつけば目は文字のうえを滑り、頭は別のことを考えていた。

アルティーナとジェロームの関係を修復させるのは、こじらせる原因となった自分の役目だろう。

肩書きだけの司令官と、実質的な司令官がいる軍隊は、それだけで危険を孕んでいる。

しかし、容易に筋道は見つけられない。

「そら見たことか……やっぱり、僕は無能だよ……」

嘆き悲しみながら、レジスは本を開いたまま気絶するように眠りに落ちるのだった。

第三章 ◆ アルティーナの決断

アルティーナが皇帝を目指すと宣言した、その日——

状況は、予想外の方向へと転じる。

軍務省から、正しく書類を作成提出するように、と改善命令が届いたのだ。

レジスの常識からすると、これは由々しき事態であり、連隊の存続に関わる問題なのだが、元凶となったジェロームが気にしている様子はなかった。

「フンッ……書類ごときで文句を抜かすなら、連中が砦《とりで》を守ればいい。こんな北方の地に来る物好きはおるまい」

「そんな挑発的な返事はできませんよ……」

「気に入らないなら、貴様がなんとかするんだな」

「はぁ……」

レジスに一任されてしまった。

アルティーナは心配している様子だったが。

「三ヶ月前に来たとき、このままじゃいけないとは思ったわ。だから、やれることはやったのよ」

「それでも、解決できなかったわけか……」

「あら、あなたが来たでしょ？　あたしが軍務省の人事部に頼んだから」

「なるほど。人事部に転属先の状況を聞いても教えてくれなかった理由が、やっとわかった」

文官が自分しかいないと聞いていたら揉めていたかもしれない。

アルティーナが心配そうに尋ねてくる。

「迷惑だった？」

「いや、左遷《させん》されることは決定していたし、もっと過酷な前線はたくさんある。ここはマシなほうだよ……文官が僕だけなのは問題だが」

「やっぱり、一人じゃ無理？」

「どうかな？　まぁ、放り出すわけにもいかないだろう。やってみる」

結局、レジスは雑務に追われることとなった。

アルティーナが皇帝になるというのなら、その手助けをしたいと思う。レジス自身も帝国を変えたいという大望を抱いている。

しかし、現実というのは屋根に積もる雪のように冷たく、重く、放っておくと押し潰されてしまうのだ。

目の前にある仕事は待ってくれない。

書類の山に囲まれて過ごしていたレジスは、アルティーナの決断に気づくことができなかった。

†

一週間後、早朝――

初めて目にしたときには、広すぎるから間違いではないか、と不安だった部屋なのに、今や膨大な量の資料に埋め尽くされて足の踏み場もなくなっていた。

階級に不相応な大きな机も、手狭に感じてしまうほどだ。

レジスは手にした報告書を睨みつける。

「……なるほど。そういうことだったのか」

いくつか気になることもあったが、淡々と作業をこなしていく。

チェック済の山へと乗せた。

机のうえの蠟燭《ろうそく》が風で揺れて、周囲の影を踊らせる。

帝都ではオイルランプが主流だが、照明用の油は液体であるから、固形の蠟燭よりも輸送が難しい。必然、辺境では蠟燭を使うことが多かった。

レジスは次の書類に手を伸ばす。

そこで、コンコン……と木製の扉を控えめに叩く音があがった。

「ん？　ああ、誰かな？　鍵は開いてるが……？」

「おはようございます、レジス様」

ドアを開けて入ってきたのは、黒髪の女性だった。日焼けしたような褐色《かっしょく》の肌に、黒い瞳。そして、黒色のメイド服を着ている。歳はレジスより少し上だ。

彼女は丁寧にお辞儀をして部屋に入ってきた。

レジスも会釈して応じる。

「やあ、イェリンさん。今日は早いね」

「今朝は街で市場が立ちますから、その前に寄らせていただこうと思いまして。起こしてしまわないか心配していましたが、レジス様は早起きでいらっしゃいますのね」

「いや……そういうわけじゃ……」

すこし仮眠を取っただけで、ほぼ徹夜である。ここ一週間、毎日がこの調子だった。

イェリンは、ジェローム伯爵の家のメイドである。

この砦から文官たちが追い出されたあと、伯爵家の経理をしていた者たちが連隊の書類まで任されたらしい。

彼女は異国の出身らしいが、勉強熱心で伯爵家に来てからベルガリアの言葉を覚え、読み書きもできるようになったという。

もう一人――

執事姿の青年が現れた。同じような黒髪黒目で褐色の肌をしている。

大きな木箱をかかえていた。

「おい、持ってきたぞ」

ぞんざいに床に置いて、服についた木くずを払う。

イエリンが、ゴッと頭を拳骨で殴った。

「こらっ、イエスタ！　またそんな口をきいて！」

「痛《ツ》ゥ〜……叩かないでよ、姉ちゃん……元はといえば、軍人の仕事だろ？　どうして、俺たちが手伝わなきゃいけないんだよ⁉　それに、こいつは平民だし、五等文官なんだから、たいして偉くな——痛《イタ》ァ〜⁉」

　また叩いた。

「なに言ってんの、あんたが無礼者だと、ジェローム様の品格まで疑われるでしょ⁉——すみません、レジス様。お気を悪くしないでください。弟はまだ執事としては駆け出しなもので」

「べつに気にしてないが……」

「姉ちゃん、俺、もう十六歳だし！　家令の助手になったし！　もう駆け出しなんかじゃな——」

「あんたは、黙ってな！」

　執事姿のイエスタは、メイドのイエリンの弟で、伯爵家の家令助手をやっている。

　家令の仕事は多岐にわたり、屋敷から出ることが難しい。そのため、レジスとの連絡

は彼の役目となっていた。いつもイェリンが一緒に来る理由はわからないが。

持ってきてくれた書類を受け取る。

枚数を確認しながら。

「イェスタの言うことは間違ってない……僕はイェリンさんたちの雇い主ではないし、客でもないんだから」

「いえそんな。軍人さんというだけで充分に偉いですわ。私たちの生活を守ってくださっているじゃありませんか」

「姉ちゃん、こいつ文官だから戦争やってないぜ？」

「また、あんたは！」

「はは……そうだな。軍人といっても僕は剣とか槍とか、ぜんぜんだから」

レジスは褒められたり、持ち上げられたりするのが苦手だった。

しかし、イェリンは熱っぽい視線を向けてくる。

「謙虚《けんきょ》でいらっしゃいますのね、レジス様……理性的な方って素敵だと思います」

生きるのに腕力が必要な時代だ。男の価値は筋肉で決まると考えている女性が大半だから彼女は少し変わっているのか？　あるいは、おだてるのも仕事のうちか？

きっと後者だな――とレジスは思う。

お世辞に踊らされて勘違いするのは恥ずかしい。余計なことは考えずに仕事しよう、と書類を整えた。

「え～っと……枚数は大丈夫だ。内容は後で詳しく確認させてもらうよ、ありがとう。今後の作業について連絡があるから、それは手紙に書いておいた。これをマクレンさんに渡してほしい」

「はい」

イェリンが丁寧に手紙を受け取る。隣で「めんどくさいなぁ」とぼやいたイェスタが、またも頭をはたかれた。

レジス一人で連隊の全ての書類を作るのは不可能なので、引き続き伯爵家の使用人たちに手伝ってもらっていた。その中でも、家令であるマクレンは五十歳になるベテランだけに税金や売買についての書類はミスがない。大助かりだった。

軍事行動の報告や補給の申請には軍独自の規則があるので勝手が違う。それを軍務省から怒られていたわけだが……

レジスがチェックして提出前に間違いを訂正したり、難しいものは自分で書くことで、なんとか体裁《ていさい》を整えることができそうだった。

「今週は、こちらの書類を頼みたい。ちょっと枚数は多いけど、書くところは少ないはずだ」

依頼する書類を木箱に収める。

イェスタが露骨に嫌そうな顔をした。

「こんなにあるのかよ？　けっこう大変なんだぞ。マクレンさんには屋敷の仕事だってあるんだからな⁉」

「感謝してる。ジェローム卿のためだと思って頼むよ」

「ふ、ふんっ！　そんなことは言われるまでもないけどな！」

彼は木箱を持ち上げる。

書類を満載した箱はかなりの重さがあるはずだが、細い体に似合わず腕力があるようだ。さすがは執事。

レジスは机のうえの蠟燭を消すと、床に積んである書類の山を崩さないよう気をつけつつ戸口まで行き、ドアを開けた。

「……馬車まで見送るよ。ちょうど部屋から出る用事もあったし」

イェスタのほうは無言だったが、イェリンが笑みをこぼす。

「ありがとうございます、レジス様」

「見送りくらいしかできなくて申し訳ないけどね」

レジスは食堂で珈琲《コーヒー》をもらうつもりだった。

珈琲はワインやビールと同じくらい手軽な飲み物で、庶民でも手に入れることができる。

本当は珈琲よりも睡眠のほうが必要だったが――昼までに作らないと間に合わない書類があるから仕方ない。

帝都に書類や手紙を運んでくれる定期便は、二週間に一度しか来ないのだ。

廊下に出る。

暗い。

まだ明かり取り窓から入ってくる光は、ほとんどない時間だった。

石壁の廊下は暗闇にも等しい。帝都にある貴族の屋敷ならば、壁に燭台《しょくだい》のひとつもありそうなものだが……

ようやくレジスも手探りで歩くことに慣れてきた。

足音が響く。

「……馬車は南門のほうに？」

「はい。正門を開けてもらうのは、お手間でしょうから」

「たしかに」

軍勢が出入りするための大きな正門は、開け閉めに大勢の人手が必要になる。裏側の南門は、見張りの二人だけで開閉が可能だ。

ぎりぎり馬車が通れるていどの大きさしかないが、街へは南門から出たほうが近い。

ジェロームの屋敷は、テュオンヴェルの街にあった。

人も物も情報も街を中心に動いている。領土を管理するのに、この砦では不便すぎるのだ。

中央塔から出て南門へと向かい、馬車を駐めてある裏庭についたところで、別のメイドと会った。

†

茶色い髪に、榛《はしばみ》色の瞳。今日も臙脂《えんじ》色のメイド服をまとっている。

手押し車に麻袋を乗せて、食料庫から出てきた。

クラリスである。

「…………」

無表情のままお辞儀した。相変わらず他人がいるときには、笑顔もなく無口である。

イェスタが木箱を抱えたまま背筋を伸ばす。

「ああ⁉ ク、ク、クラリスさん⁉ ど、ど、どうも！ おはようございます！」

「……おはようございます」

「きょ、今日は、いい天気ですね！」

横で聞いていたレジスとイェリンは空を見上げた。ようやく東側が明るくなってきた空は、具体的に言って曇っている。

クラリスが「はい」とだけ答えた。他にはなにも言わない。

レジスは小さな声でイェリンに尋ねる。

「……なんか、イェスタの様子が、おかしくないか？」

「……あは、弟はクラリスさんのことが気になってるみたいなんです」

「……え？」

クラリスはメイドといっても皇姫《こうき》の侍女《じじょ》のようなものだから、辺境の使用人にはない気品がある。美人だし、髪や肌が綺麗なのも魅力的かもしれない。

付け足すならば、エプロンのうえからでもわかるくらい、胸が大きい。

しかし、イェスタに対する彼女は人形のように表情を変えず、「はい」とか「そうですか」しか返さなかった。

見目が良くても愛想が悪い女性は低評価な時代である。速くても気性の荒い馬のように嫌厭《けんえん》されがちだ。

イェリンが、ため息をこぼした。

「……弟は趣味が人と違ってるんですよ。変わり者なんです。困ったものです」

「……まぁ、個性は尊重されるべきという風潮もあるからなぁ」

「私は結婚する相手なら、理知的で優しくて、安定してて戦争で死なない職業に就いてる方なんて素敵だと思うのですけれども」

「ふむ、なるほど……安定してて死なないのはいいことだね」

レジスはうなずく。

まじまじとイェリンが見つめてきていた。視線に熱がこもっている。

――どうしたのだろう？

クラリスが丁寧に頭を下げた。

「お仕事がありますので、そろそろ失礼いたします」

「あ、ああ、そうですね！　引き留めてしまってすみませんでした！」

「……」

残念ながらクラリスがイェスタの個性を尊重してくれるかは、望みが薄いと言わざるをえなかった。

会話を打ち切ったクラリスが、レジスに向かって、輝くような笑みを浮かべる。まるで別人のようだった。妖精でも乗り移ったかと思うくらい。

「おはようございます、レジスさん」

「え？　ああ、おはよう」

「これから、お出かけですか？」

「いや……見送りだけだ。まだ作らないといけない書類があるし」

「そうなんですか。食堂で珈琲でもいかがですか？」

「え？　そいつは、こっちからお願いしようと思ってたくらいだけど……」

いつになくクラリスが優しいから、レジスは戸惑ってしまう。

「うふふ、ちょうどよかったです。今朝、新しい珈琲豆が届いたところなんですよ。美味しくいれてさしあげますね」

クラリスが手押し車に乗せた麻袋を指さした。

珈琲は嬉しいのだが……

イェスタの視線がチクチク刺さる。それどころか、イェリンまでが唇を尖らせ、恐い顔をしていた。

レジスは眉と声をひそめて、クラリスに尋ねる。

「……なあ、君、なにか企んでないか？」

「まあ、なんのことですか？」

クラリスの輝くような笑みは、仮面かと思うほど変わらなかった。

イェスタがギリギリと歯噛みする。書類を抱えている手が震え、ミシミシと木箱が軋《きし》んだ。

どう見ても不機嫌である。

レジスは冷や汗をかいていた。

「……クラリス、僕の職場環境を悪化させるのはやめてくれないか」

「あら？　なんのことかわかりませんよ、レジスさん？」

「絶対に、わざとだろ」

「ウフフフ……」

結局、イェスタが「これで勝ったと思うなよ⁉」と捨て台詞を吐いて、馬車へと走っていった。別れの挨拶をするイェリンは笑顔だったが、目が笑っていなかった。

馬車が南門から出て行く。

レジスは約束通り見送ったわけだが。

「はぁ……クラリス。冗談はやめてくれないか。彼らの協力がなかったら、書類関係の仕事が滞《とどこお》るんだから」

「イェリンさんのこと、気に入っているのですか？」

「ん？　なんのことだ？　イェスタが君のことを……ああ、まぁ、僕が言うべきことではないだろうけど」

「……レジスさんに色目を使うからです」

「は？」

「いえ、なんでもありません。レジスさん、珈琲だけではお腹が空くでしょう？　ハムとチーズも届いていますよ。朝食をいかがですか？」

「おっ、そいつは、ありがたいな」

「食べていかれますか？」

「ああ」

「でしたら食料庫と食堂を、あと三往復ですね♪」

「そんなことだろうと思ったよ……やれやれ」

レジスはクラリスと二人して、何人ぶんもの食材を運ぶのだった。

†

貴族の屋敷では、大勢のメイドが家事をしてくれる。

まだ暗いうちから朝食を作り、手間暇かけて掃除や洗濯をし、夕飯も用意した。

しかし、砦の家事は兵士たちの持ち回りで、使用人は数えるほどしかいない。

そのなかでもクラリスは、皇姫のメイドということで、わりと自由に振る舞っている様子だった。

他の使用人たちが上級士官の朝食を用意するなか、レジスのためだけにハムやチーズを切って並べてくれる。

士官食堂の片隅で、レジスは早めの朝食をいただくこととなった。

「……もしかして迷惑になってないか？」

「あら、どうしてですか、レジスさん」

「ふつうは士官食堂といえば上級士官たちのもので……僕は下級士官だから」

「今さらですね。何度も使っているじゃありませんか。姫さまも伯爵も文句はおっしゃいませんよ。すなわち、誰も文句は言わないということです」

「ならいいけど……それにしたって、クラリスさんにも仕事があるだろう？」

忙しい朝に、レジスのために朝食を用意してくれるなんて、ありがたいやら申し訳ないやら。

「私の本当の仕事は、姫さまのお世話をすることだけですから。他のことは、お手伝いしてるにすぎません」

彼女は皇姫専属のメイドだから、下働きというよりは侍女のほうが近い立場らしかった。

レジスは同情心を覚える。

胸の前で十字を切ってからチーズに手を伸ばした。

「……それはそれで大変そうだな」

「意外です。〝いい御身分だな、この女《アマ》め、うまいこと取り入りやがって〟と唾を吐きたくなるのではありませんか？」

「僕はそんな酷いこと思わないぞ⁉　まぁ……そう考える人は多いかもしれない。だから、お得な立場というのは大変だ。嫉み妬みは恐ろしい」

「…………」

クラリスが見つめてくる。

よく見られる日だ。顔にインクでもついているのだろうか？

レジスは自分が手にしている物に、ふと視線を落とした。

「ん？　チーズ、食べるかい？」

「いただきます」

レジスの持っていたチーズを、ヒョイとつまみ取ってクラリスが口に含む。

まだ皿には、いくらでも残っているのに。

妙なことするなぁ、と思いつつレジスは別のを手に取った。

ハムもチーズも保存するために加工された食材だが、それでも新しいものは、やはり美味しい。

珈琲も期待以上の味わいだった。

クラリスが尋ねてくる。

「レジスさんは、まだ考えていないのですか？」

「ん？　な、なにを……？」

すぐに思いついたのは、アルティーナのことだった。

彼女が皇帝になるために、自分はなにができるだろうか？

軍師として働ける自信のないレジスに、彼女は〝あなたが自分を信じられないぶん、あたしが、あなたを信じる〟と言ってくれた。そんな言葉だけで軍師を引き受けたわけではないが……

なにかやれることはないだろうか？　と考えはするのだ。

「まぁ、考えてるだけじゃ意味がないのは、わかってるんだけどさ……」

「行動する予定があるんですか？」

「そ、それは……僕だって、夢物語だけで終わらせる気はない」

「ご自分に自信がないとは伺っておりましたが、夢物語とまで言うとは思いませんでした」

「いや、とてつもなく大変なことだろう？　歴史が変わる」

「それほどですか？」

「間違いない。諸外国にも衝撃を与え、万の本に記されるほどの大事件だよ」

「すごいことなのですね」

「ああ、それほどの重大事だと思うよ」

「レジスさんの、ご結婚が……」

「そう僕の……なにぃ⁉」

思わず腰を浮かせてしまった。

クラリスが目を細める。

「私は〝まだ考えていないのですか？〟と尋ねただけですが、なにについてお話しされていたのですか？」

「あぐっ……しまった……」

アルティーナの腹心だと思って、つい油断してしまった。

余計なことを言わないよう、もっと注意しないといけない。

「レジスさんはご結婚なさらないのですか？」

「……そりゃ、僕が結婚なんて……できるわけないじゃないか」

「帝国では十五歳で成人。ほとんどの方は二十歳までに婚約されるそうですが？」

「たしかに、うちの姉は十九歳で結婚したが……ああ、もうすぐ僕もその歳なのか……まいったな」

「お姉さんがいらっしゃるのですか？」

「ああ、三年前に結婚して、ルーエン市に住んでる。もう子供が二人もいるらしいぞ」

「らしい？」

「まだ甥《おい》っ子たちとは会ったことがないんだ。あちらは、結婚してすぐ身重になったし、赤子に長旅は危ないし。僕のほうから行けばよかったけど……ちょうど貴族軍の幕僚に雇われた直後だったんだ。見習いなのに長期休暇なんて取れるわけがない」

「貴族の方は、よく旅行をされますから。その立場であれば、顔を見る機会はあるかと思いました。ルーエン市と帝都は離れておりませんし」

「ああ、それはね……テネゼ侯爵が高齢だったから、不必要な遠出をしなかったんだ」

「なるほど」

「手紙のやり取りはあるよ。あっ、そういえば、砦に着いたら手紙を出す約束をしていたんだった……まずいな」

「出していないのですか？　レジスさんが砦に来てから一ヶ月ほどになりますが……」

「ま、まままだ半月くらいだよ……今日、出しておく」

「それがよろしいでしょう。レジスさんのお姉さんは、どんな方なのですか？」

ふむ、と昔のことを思い出す。

レジスの姉は、黙っていると物静かで大人びた雰囲気の女性だと評されるが、静かなのは寝ているときだけ、というのが弟にとっての印象だった。

「まぁ……自分から行動するタイプだと思うよ。三年前、僕と姉は帝都近郊に住んでたんだ」

「レジスさんが、学生だった頃ですね」

「うん。姉は貴族の屋敷で通いのメイドをやっていた。ある日、近所の市場にルーエンから鍛冶職人が鍋や包丁を売りにきていたんだが、その人と結婚したんだ」

「帝都のメイドと、ルーエンの鍛冶職人ですか……とくに関係はなさそうですが？」

クラリスは興味津々という感じだった。

珍しく茶化さずに聞いている。

「屋敷の奥様の言いつけで、姉は悪くなった裁縫《さいほう》鋏《ばさみ》の替わりを買いに、市場へと行ったんだが。そこで鍛冶職人と出会ったらしい」

「それでも、お客と店主です。普通は、それっきりでは？」

「普通ならね……姉はその場でプロポーズしたんだ」

クラリスが目を見開く。

それほど姉の行動は突飛だった。

「驚きました。プロポーズされた鍛冶職人の方も驚いたでしょう……何度かお会いしたうえで、男性から申し込むのが常識ですから」

「はは……驚いたらしいよ。いくら帝都の女性が先進的だといってもね」

「けれども、断られなかったんですか？」

「最初は冗談か詐欺だと疑われたらしいが……」

「当然かと」

「だから、身分を保証してもらうため、奉公している貴族の屋敷に鍛冶職人を連れて帰ったらしい。さぞ、奥様も驚いただろうな」

裁縫鋏を買いに行かせたら、鍛冶職人を結婚相手として連れて帰るなんて。

「ずいぶんと破天荒な方です」

「ああ、お目当てがあると周りが見えなくなるんだから」

「姉弟ですね」

「……どういう意味だろう、僕は常識人だよ？　まぁ、そんなわけで姉はルーエン市に嫁ぎ、腕のいい鍛冶職人が僕の義兄《あに》になったのさ。あちらの家での結婚式には出たよ。大きな鍛冶屋に五人も弟子がいた」

「なるほど……自分から言ってみるものですね」

「ちょっと強引だけど、好きだと言われて嫌がる人はいないだろうしな」

クラリスがうなずいた。

熱っぽい口調で告白してくる。

「……あなたのことが好きです……結婚して下さい、レジスさん」

「なるほど、冗談だな。疑いではなく確信をもって断言できる。義兄《にい》さんは、こんなのをよく信用したものだよ」

「酷い人ですね。私が世の常識を振り切って、真剣にプロポーズしたというのに……」

「やっぱり、女性からプロポーズするのは非常識かな」

レジスは姉の行動力を羨ましいとさえ思うが。

クラリスが微笑《ほほえ》む。

「それは人それぞれでしょう？　世の常識から外れたのは、レジスさんにプロポーズしたことのほうですよ？」

「僕が求婚されないのは一般常識だったのか⁉　自分に自信があるわけじゃないが、そこまで言われるほど……」

「酷くない、と本気で思っているのですか？」

「……貯金くらいは必要かもな」

ため息まじりにレジスは降参した。

クラリスが皿のチーズを持っていく。

「どうして、お姉さんは、その積極性を十分の一でも、弟のほうに残しておいてくれなかったのでしょうか？」

「いや、そんなこと言われても……」

「たまには積極的に行動してみてはいかがですか？」

「書類仕事は熱心にやってると思うぞ」

「姫さまが起きてきません。そろそろ起こす時間です」

彼女は壁掛け時計に目をやった。

そういえば、いつもアルティーナは早めに起きて、食堂が混む前に朝食を済ませている。

「アルティーナを起こすのは、それこそ君の仕事じゃないか。まさか、僕に皇姫の寝室へ行けって言うのか？」

「私は、先ほど思わぬ仕事が入ったため、とても忙しいのです」

「他のことは手伝っているだけって言ってたくせに……」

「わかりました。それでは、上級士官の方々には〝朝食が遅れたのは、レジスさんに朝食を出していたせいです〟と――」

「最初から、そのつもりだったろう⁉」

文句を言いつつも負けを認めて席を立った。

クラリスが満足げにうなずく。

「お姫さまは王子さまの口づけで起きるそうですよ。試してみては？」

「僕を死刑にしたいのか？　あと、僕はド平民だ」

「それでは、戸の外から」

「ああ、声をかけるだけにしておくよ」

「アルるん♪　とお呼びください」

「どう考えても不敬罪だろ⁉　僕に恨みでもあるのか⁉」

楽しそうに手を振る彼女を、うらめしそうに睨みながら、レジスは食堂を後にするのだった。

†

中央塔の三階。

一階に比べると、明かり取り窓も多くて廊下も広い。

そして、装飾の施された黒塗りの扉があった。

アルティーナの寝室である。

ノックする。

意外にも、すぐに返事があった。

「あ、ごめん、ちょっと寝過ごしちゃったみたい。ちょうどいいとこに来てくれたわ。これ手伝ってくれない？」

入ってこいということか。

レジスは逡巡した。

できれば寝室に踏みこまずに済ませたかったのだが……

石造りの廊下はよく音を伝える。そして、この三階にはジェロームの私室もあるのだ。こんなところで、入れの入らないのと押し問答して、レジスがアルティーナの寝室を訪ねたことが噂になるのは絶対に避けたかった。

「……仕方ない」

自分に言い聞かせるようにつぶやくと、ドアを開ける。

入った。

大きなベッドがあり、幾つもの衣装箱がある。

背中を向けたアルティーナが、ボリュームのある赤い髪を右手でかきあげた。

首筋から肩までがあらわになる。白い肌がまぶしい。

彼女は下着姿だった。

コルセットという貴族の女性が使う下着で、胸元から腰までを覆《おお》っているだけ。

背中のところで靴紐のように結ぶ構造になっている。

そこを結んでいる最中だったから、彼女は左手で胸を押さえていた。そうしなければ、コルセットが開いてしまうからだ。

いつもはドレスの下に隠れている肩や腕や太ももが、目に飛びこんでくる。

「……ッ⁉」

なにが起きたのか、レジスは訳もわからず立ちすくんでしまった。

アルティーナが背中を向けたまま話す。

「まいったわ、ちょっと前から、だんだんキツくなってきちゃって。もしかして太ったのかしら？　あたし的には育ったと思いたいんだけど。今朝も絞めるのに苦労してたのよ。紐、結んでちょうだい」

「コ、コルセットの⁉」

「……えっ⁉」

ようやく、彼女は自分を起こしに来たのが、いつものメイドではないと悟ったらしい。

あわてて振り向いて、目を見開いた。

雷が落ちたように衝撃を受ける。

レジスのほうも気が動転してうまく言葉が出てこない。不敬罪とか猥褻《わいせつ》罪とか侵入罪とか、そんな単語ばかり頭に浮かんだ。

「あぅ……いや、これは……起こしに……知らなかったんだ！」

「きゃあああぁぁぁぁ～～～～～～～～～～～～～～～～～～～～～～～～～～～～～～～～～～～～～‼」

耳をつんざく悲鳴をあげられた。

――僕の人生、ここまでか。

レジスは観念した。

やがて、ドスドスと複数の足音が近づいてくる。

ドアの向こうから男たちの声があがった。

「どうしやしたか、姫！」

「賊ですか⁉　殺しますぜ、姫！」

屈強な兵士たちにギタギタにされる未来しか見えなかった。串刺しか、石投げか、火あぶりか。できれば苦しまない方法がよかった。それと、遠くに住む姉に累《るい》が及ばないといいのだが。

アルティーナが口を開く。

「ご、ごめんなさい。虫が出たの、衣装箱のなかに！　大きいやつ！」

「ウッス！　殺しますか！」

「ダメ！　着替えてるから、今、入ってきたら不敬罪と卑猥罪と侵入罪で大変なんだからね⁉」

「き、着替え……ウィッス！　絶対に入りません‼」

「ここで見張らせてもらいます、オッス！」

「いいの！　へいき！　恥ずかしいから持ち場に戻りなさい、すぐに！」

「……わかったであります」

「き、着替え中かぁ」

「早く戻るぞ」

「ウィッス」

ゆっくりとした足音が遠ざかっていった。

レジスは驚愕から絶望に至り、さらに理解不可能な事態が起きて、すっかり思考が麻痺していた。

まじまじとアルティーナを見つめてしまう。

「……ど、どうして？」

「ばか！　そんなに見ないでよ！」

「あっ、ごめん」

あわてて背中を向けた。ドアに手をかけるものの――もしかしたら、まだ兵士たちが居るかもしれない。

アルティーナが独り言のようにボソボソつぶやく。

「つい悲鳴をあげちゃったけど……考えてみたら、相手を確かめもしないで手伝ってと言ったのは、あたしだったわね」

「まさか着替えてるとは思わなかったんだ」

「そうよね……なにか用事があったんでしょ？」

「クラリスさんに、起こしてきてくれって頼まれたんだよ」

「くっ……あの子ったら……あたしが、よく着替えを手伝わせるの知ってて……」

「そうなのか？」

「ときどきね。急いでるときとか、コルセットがキツ……あ、なんでもない！　乙女の秘密ってやつなの！」

「……ああ、太ったかもって言ってたな」

「やっぱり衛兵を呼ぼうかしら？」

「ええっ⁉」

「忘れなさい。じゃなきゃ、死刑なんだから！」

「あ、はい……なんのことですか？　僕、なにも聞いてませんよ」

「よし！」

権力を私的に振るうことを善しとしないアルティーナだが、これぱかりは話が別らしかった——恐るべし、乙女の秘密。

アルティーナは胸元と腰回りを手で隠しながら、頬を赤く染めていた。

「どうして、こっち見てるのよ⁉」

「あわわ、すまない！　話してるうちに、つい……」

「本当に気づかないで入ったんでしょうね⁉」

「神に誓うよ」

「砦に来てから、一度も礼拝《ミサ》に出てないくせに」

「……神父に挨拶はしたよ」

「挨拶した程度の相手に誓われても神様だって迷惑でしょうね。とにかく、そこで後ろを向いてて。絶対に」

「はい。絶対に」

レジスはひたすら木製のドアの木目を見つめていた。

んしょ、んしょ、という小さな息づかいと、衣擦《きぬず》れの音が背後から聞こえてくる。

しゅるっ、しゅるっ、と。

やや苦しげだった吐息が消えて、手早く着付けていく音に変わる。

金属音が混じり、腕甲《わんこう》や脚甲《きゃくこう》を装着したのだとわかった。

「はい。こっちを見てもいいわよ」

「ふぅ〜」

レジスは冷や汗をぬぐった。

アルティーナがいつもの甲をつけたドレス姿になっている。

しかし、先ほどの目の眩むような下着姿を重ねてしまい、頬が熱くなった。

彼女のほうも凛々しい表情をしていたのに、かあっと耳まで赤くする。

「うぁ〜……」

「な、なんだよ、アルティーナ。どうした？」

「もう、ばかなんだから」

「僕はわざと見たわけじゃないんだぞ。あれは、いわゆる、事故というやつだ」

「わかってるわよ。わざとだったら、帝身轟雷ノ四《グランドネール・カトル》で真っ二つ！」

「宝剣で斬られた人物のなかで一番最低の理由になりそうだな。遠慮しておくよ」

「はぁ……今日こそ相談しようと思ってたのに。あなたの顔を見ただけで恥ずかしくなっちゃったじゃないの」

「恥ずかしい相談があったのか？」

「そうじゃないわよ！」

「まぁ、お互いに忘れたほうがよさそうだな」

「……たぶん、一生無理だと思う」

「……すみません」

顔の火照《ほて》りが消えた頃、すこし遅くなったが食堂に向かうことにした。

まずはアルティーナがドアの外を確かめ、そそっとレジスは部屋から出る。

間男みたいだな、と思った。

ようやく、二人して廊下を歩く。

「なあ、相談ってなんなんだ？　僕の顔を見なくていいから教えてくれないか」

「うん……さっきも、すぐ助けに来てくれたわね」

「ん？　ああ、兵士たちか」

「みんな、大切にしてくれている。でも、それは皇姫としてよ」

「だろうな」

「あの夜にも言ったけど、指揮権を得なければ、あたしは本物の司令官ではないと思うの」

「残念ながら、そうだと思う」

レジスはうなずく。

アルティーナは真っ直ぐに前を向いていた。

恥ずかしいから、こちらを見ていない——というだけでもないだろう。彼女の気持ちは先へ先へと向かっているのだ。

「この辺境連隊で司令官と認められるには、あの黒騎士ジェロームよりも信頼される必要がある。そうよね？」

「ああ……なあ、いったい何をする気なんだ？　どうにも悪い予感がするんだが……」

レジスの問いに、彼女は黙りこむ。

思案して。

「言えば反対するから言わないわ」

「アルティーナ……僕が反対するようなことをする気なのか？　やめてくれ」

「でも、絶対に効果があるはずよ。だって、あなたのお墨付きだもの」

「また僕は余計なことを言ったのか⁉」

アルティーナは答えず、屈託のない笑みを浮かべていた。

もう顔を見合わせても赤面はしなかった。

†

食堂に行くと、クラリスがイスに座ってくつろいでいた。

ほとんどの席が空いており、閑散としている。

レジスは壁掛けの時計を確認した。

「朝食の時間……だよな？」

使用人がネジ巻きをサボったか、故障したのでなければ、そのはずだ。

いつもなら士官たちで、ごったがえしているはず。

クラリスが席を立ってお辞儀をした。

「おはようございます、姫さま」

「うん、おはよう、クラリス。やってくれたわね」

「かわいい悲鳴が聞こえましたが……なにがあったか、詳しくお話ししてくださるのですか？」

「ううぅ……な、なにもなかったわ」

「左様ですか」

舌戦はクラリスのほうが一枚も二枚も上手だった。

話を変えて、アルティーナが尋ねる。

「今日は、みんなして寝坊なの？　それとも、あたしたちが遅かった？」

「ある意味で、後者です」

「なにかあったの？」

クラリスが一瞬だけ思案顔をした。

わずかな変化だったが……彼女がアルティーナを前にして逡巡するなど珍しい。

「先ほど、偵察部隊が戻ってきたそうです」

「え？」

「偵察部隊って、北のか？」

レジスの問いに、アルティーナがうなずいた。

「ええ、この砦で偵察と言えば、北側への強行偵察のことよ。隣国と蛮族の状況を調べてくるのが役目なの。一ヶ月くらいかけて敵国を巡ってくるわけだけど……」

バイルシュミット伯爵領の北側は、ヴァーデン大公国に接している。

そこはゲルマニア連邦に属する国で、いつも内外と戦争しており、ジェローム率いる辺境連隊とも幾度となく交戦を繰りかえしていた。

そして、両国の間にある樹海には蛮族が複数の集落を作っている。

彼らは百人から千人ほどの少数部族であり、土着の民だけでなく帝国や連邦にいられなくなった者たちも紛れているという話だった。

どちらも辺境連隊にとっては充分に警戒が必要な相手であり、北の偵察結果となれば、なにを置いても司令官に知らされるべき重要事項だ。

アルティーナが唇を噛む。

「……その報告を聞いてるのは、ジェローム卿なのね？」

「はい。偵察部隊の帰還を知らせに兵士が呼びに来ました。伯爵が不在とわかると彼は私室へ向かいました。士官の方々は一緒に報告を聞くために広場へと向かったようです」

その兵士はアルティーナには知らせに来なかった。行き違いになるような造りではないのに。

彼女の胸中には憤懣《ふんまん》が渦巻いているはずだが、表には出さなかった。

「朝食は後にするわ！」

言うが早いか戸口へと向かう。

背後でクラリスが深々とお辞儀した。

レジスは追いかけて食堂から出る。急いで広場へと向かった。

†

正門前の広場には、大勢の士官たちがいて、一般の兵士たちも遠巻きに輪を作っている。

ぐるりと円形の人垣の中央にいるのは、ジェロームと五名の男たちだ。

伯爵は立ったまま腕を組んで、報告を聞いている。

その前でしゃがんでいる男たちは、ローブ姿で剣を背負った冒険者みたいな格好をしていた。全員が髭面で痩せていて、目玉だけがギラギラしている。彼らが偵察部隊であり、話をしている男は部隊長であった。

労をねぎらうためにビールや干し葡萄が出されているが、誰も手をつけていない。

彼らはこの報告のために敵地で一ヶ月もの長く苦しい旅をしてきたのであり、それだけ真剣なのだった。

「――ヴァーデン大公国について重要なことは、以上です」

「ふむ……兵を集めているようだな」

「そのように思われました」

「また攻めてくるか？　それとも、また内戦か……ん？」

人垣を割って近づくアルティーナに、ジェロームが視線を向けた。

レジスのほうは、さすがに人垣の端で止まる。のこのこと従者面して出て行って無用な反感を買うのは避けたいところだ。

アルティーナに対して、偵察部隊の者たちが険しい表情を浮かべる。お飾りだからとないがしろにして不在のまま報告を始めたわけだが、肩書きは司令官であるし、やんごとなき身分である。逆鱗《げきりん》に触れれば咎《とが》められる可能性もあった。

部隊長が申し出る。

「司令官殿……改めて、報告いたします――」

「大丈夫よ、そのまま続けていいわ。ジェローム卿が聞いたのであれば、あとで子細まとめて報告してくれるでしょう」

「ハハッ！　俺がお嬢ちゃんに？　食堂でハムでも食べていろ」

「……それについては、彼らの報告を聞き終えてから、改めて話しましょうか」

毅然とした口調だった。

アルティーナの気迫はジェロームの威圧感を前にしても揺らがない。さながら剣と剣がぶつかりあって火花を散らすかのようだった。

勇猛な偵察部隊の面々が息を呑む。

アルティーナが先をうながし、報告が再開された。

「えー……次に、樹海の蛮族たちですが……我々が偵察していたところ、大規模な戦いがありました」

ジェロームが興味を持ったらしい。

「ほほう、蛮族同士のか？　小競り合いならいつものことだが、大規模というのは珍しいな」

「はい。そして、少なくとも三つの部族を束ねた部族が現れています」

「殺して奪うばかりの蛮族が、束ねただと？　そいつは、本当に蛮族なのか？」

「装備や戦い方からすると、そのように見受けられました。なかでも目立った強者は、猿のごとき動きで、次々と敵に飛びかかっては倒し、戦局を一人で変えるほどの凄腕でした」

「ほほう……」

やっかいな敵の出現に、ジェロームが笑みを浮かべた。こういうところが彼を英雄たらしめ、兵士たちに心酔される理由なのだろう。

アルティーナは黙って聞いていた。両方からあれこれ言っても進行が滞ってしまう。ジェロームが幾つか質問したが、ほぼ蛮族のことばかりだった。よほど、その猿のような敵手が気になるらしい。

ひと段落したところで、最後にアルティーナが言葉をかける。

「……出る前は、十二名の部隊だったわね」

「は、はい」

「彼らの最期は？」

「蛮族と戦ったときに三人、病気になったのが二人、山で足を滑らせたのが一人、吹雪ではぐれたのが一人です」

「そう……」

アルティーナはうなずくと、静かに目を閉じた。

死者を悼む黙禱だった。

ぐるりと周りを囲んでいた士官や兵士たちも、誰からともなく静かになって、砦から音が消える。

　やがて、彼女は目を開いた。

「……大役を果たしてくれてありがとう。ゆっくり休んでちょうだい」

「はい、姫様……う、ううぅ……」

生き残った五名の男たちは全員が涙を流していた。亡くなった仲間や旅の苦労を思い出したのだろう。

　彼らは一礼して退く。

　周りの兵士たちが口々にねぎらいの言葉をかけて迎えた。

　偵察部隊のもたらした情報は、暗闇を照らす松明《たいまつ》のように価値がある。雪の降る時期に敵軍が力を溜めるのか、それとも、吹雪に乗じて攻めてくるのか。巡回も兵の備えも全てが変わる。

　中央塔に戻ろうとジェロームが踵《きびす》を返した。

「フン……まぁ、お嬢ちゃんにできるのは黙禱くらいだ」

鼻で笑った彼に対し、「待ちなさい」と呼び止め、アルティーナが腰の長剣に手をかけた。

　見ていたレジスは目を丸くする。

　金属の滑る音。

止《と》める間《ま》もなく、彼女は長剣を引き抜いた。

「なあっ⁉」

レジスは悲鳴にも似た声をあげた。

周囲からどよめきが起きる。兵士たちも驚愕していた。

わっ、と人垣が広がる。

アルティーナとジェロームの距離は五歩くらい。英雄の脚力をもってすれば、一瞬で詰められる間合いだ。

剣を向けてしまったら、もう殺されても文句は言えない。

それなのに、彼女は落ち着いていた。

「どうあっても、あたしのことを認めないつもりみたいね、ジェローム卿」

「おいおい……お嬢ちゃん、冗談にしては笑えないぞ？」

「あたしは本気よ。あなただって、司令官として振る舞う皇族がいるのは、やりにくいでしょう？　そろそろ、はっきりさせておいたほうがいいんじゃないかしら」

「フンッ、なにをするまでもなかろう。この連隊は俺のものだ」

「まるでゲルマニア連邦に属する小国の王みたいなことを言うわね。この軍隊は兵士も騎士もあなたでさえも、ベルガリア帝国軍に所属しており、あたしは司令官として任命されているわ」

「ああ、そうだな。しかし、お嬢ちゃん、肩書きで兵は動かないんだ。ここは宮廷じゃないのでね。いざというとき、お飾りの言うことを聞く兵士などいない」

「わかってる。この四ヶ月で充分に学んだわ。だからこそ、あたしは司令官として自分がふさわしいことを証明する必要がある」

「ククク……皇帝のお言葉でも頂戴してきたか？」

「それこそ冗談でしょ？」

アルティーナが、わずかに視線を流す。

レジスは目が合ったと感じた。

彼女の表情には不安も迷いもなく、むしろ晴れ晴れとして自信に満ちていた。

剣の鋒《きつさき》に震えはない。

その視線が正面の男へと戻った。

宣言する。

「ジェローム卿、あなたに決闘を申し込む！」

これが悪夢なら今すぐ覚めて欲しい——とレジスは願った。

兵士たちは一割くらいが驚き、一割くらいは理解できずに黙りこみ、大半は冗談だと思ったのか、なかには笑いだす者さえいた。

当のジェロームですら真剣には受け止めていない。

「おいおい、お嬢ちゃん……」

しかし、アルティーナの続く言葉に、だんだんと笑い声は消えていく。

「あたしが勝ったら、そんな呼び方は改めてもらうわ。まずは、あたしを司令官として認め、あたしの命令を聞くこと。そして、あなたは司令官の下につく将軍として、その手腕を発揮してもらう。これは冗談でも笑い話でもないし、ふざけた態度ばかり取るなら逃げたと見なすから！」

これだけの口上を叩いては、ジェロームが茶化していられるはずもなかった。

表情が消える。

威圧感が増した。

あまりの殺気に兵士が怯え、逃げる者までいた。

「ヌウゥ……後悔するなよ、小娘が。俺は相手が皇帝であろうとも手加減するつもりはないぜ⁉」

「でしょうね。あなたが地位を尊重できる人物であれば、決闘などせずとも、あたしに従っているはずだわ」

「余裕があるじゃないか。代役でも立てるのか？　俺と互角に立ち会えそうな騎士は、この砦だとエヴラールくらいだが……」

視線を送られて、人垣のなかで見ていた騎士団長が困惑した表情を浮かべる。

彼はジェロームに従っているが、アルティーナのことを娘か孫か女神様かというほど大切にしている。もしも代役を頼まれたなら板挟みになっていただろう。

アルティーナが剣を横に払った。

「代役はいないわ。決闘をするのは、あたしよ。もう一度、言うわ——受けないのなら逃げたと見なすから！」

「ククク……いいだろう。所詮《しょせん》は権力争いに敗《やぶ》れた負《ま》け犬皇姫《いぬこうき》だ。ここらで終わっておくのも潔《いさぎよ》い」

ムッ、とアルティーナが顔をしかめた。

負け犬皇姫とは、数ある渾名《あだな》のなかでも、ずば抜けて酷いものが出てきた。渾名というよりも罵倒《ばとう》である。

「あたしが勝ったら司令官として認めるわね？」

「むろん、肩書きだけではなく本物だと認めよう。勝てたらな！　それで……俺が勝ったら、どんな得があるんだ？　べつに決闘などせずとも、今でも俺は連隊の司令官なのだが……ああ、肩書きのほうも返すというなら悪い話じゃない」

「皇帝の勅《ちょく》を反故《ほご》にしろってことね」

「できるか？」

「無理ね。上奏してもラトレイユ皇子に握りつぶされるのがオチだわ」

「フンッ……やる気の出ないことだな」

うん、とアルティーナがうなずく。

どうやら、ここまでは考えの内だったらしい。

「そう言われると思ってた。ジェローム卿に得がなければ、この決闘には意味がない。数日、ずっと考えていたのは、それだったわ。〝得がないから手を抜いた〟と兵士たちが思ってしまったら結果は無価値になるもの」

「ほう？　では、俺に提示できる条件があるわけか？」

「肩書きの司令官が消えて、ついでに、あなたのバイルシュミット家に箔を付けてあげるわ」

「なんだと？」

「大貴族の将軍たちに表舞台から追い出されたこと。忘れたわけじゃないでしょ」

目立ちすぎた英雄の末路をえぐった。

ジェロームが歯嚙みする。

「お嬢ちゃんよ……つまらぬところを踏んだぞ。ふざけた提案なら決闘の必要などない。この場で、その口、二度と開けぬようにしてやろう！　心して言ってみろ、どんな条件を出すつもりだ？」

この雰囲気になってしまったら、もう止《と》めようもない。

もしも、ここでレジスが飛び出したら、決闘を止《や》めさせられるのか？　ありえない。

そんなことをしても、アルティーナの評価が下がるだけだ。五等文官ごときに保護者面される司令官など笑い話にもならないだろう。

今は見ているしかない。

それでも、レジスは出て行きたい衝動にかられて仕方がなかった。

皇帝の勅を反故にして女性が軍務を離れ、ジェロームの貴族としての格を上げる方法。

「……やめるんだ」

喉《のど》の奥でつぶやいた。

当然ながら、周りのざわめきに飲みこまれ、声は彼女まで届かない。

アルティーナが剣の鋒を相手へ。

野犬のように目玉を血走らせている英雄に向かって言い放つ。

「あなたが勝ったら、あたしを妻にするがいいわ！」

ジェロームが固まった。

「……そいつは……たしかに、悪くない条件だ」

「そうでしょう？」

貴族と婚姻した場合、アルティーナは皇姫ではなくなるから、皇姫を司令官にというラトレイユ皇子の主張は無意味となる。

そして、皇族を娶《めと》ったバイルシュミット家は、爵位こそ変わらないものの格付けが上がるのは間違いない。

客観的に考えて、ジェロームが本気になるのに充分な理由があった。

「フン……お嬢ちゃんは、女としては俺の趣味じゃないが、その条件は悪くない。せいぜい下働きとして使ってやろう」

「納得できたみたいね？」

「いいぜ。命を賭けた博打は心が躍る。その決闘、受けてやろう」

すでに勝利したかのように、ジェロームが笑みを浮かべた。

アルティーナが剣を鞘に収める。

「成立ね。念のために言っておくけど、妙な勘違いして鼻の下を伸ばしたまま決闘するなら、その腐れ頭……砕き散らすわよ？」

「お嬢ちゃんこそ、今から花嫁修業をしておくんだな」

「なっ⁉」

アルティーナが怒りに歯噛みした。

安い挑発だったが、彼女はその方面に耐性がないので効果的のようだ。

ジェロームがパキパキと指を鳴らす。

「いつやるんだ？　なんなら、今からでもいいぞ」

「冗談でしょ。言い訳されないよう、ここまで条件を出してるのに、申し込んですぐにだなんて。寝起きだったとか、前日に深酒してたとか、準備に差があったと難癖をつけられるに決まってるんだから」

「フン……」

たとえジェローム自身が言わなくても、彼の支持者と、アルティーナの支持者とで、部隊が割れることになってしまう。

言い訳の余地が残るのは、結果にかかわらず不幸なことだった。

「Ｏｕｉ《ウィ》、それなら、三日後の正午にするか。場所は、この広場でいいだろう」

「三日でいいのね?」

「俺を誰だと思っている?」

「わかったわ。じゃあ、騙し討ちだと思われたくないから言っておくと——」

「つけあがるなよ! 十四歳の小娘が、あれこれ罠を張り巡らせようと、この俺が後れを取るなどありえないことだ‼ 言い訳などしないし、結果に文句をつける奴がいたら、俺に文句をつけるも同然のこと。首をへし折って黙らせてくれる！」

「……そう」

「俺のほうこそ言っておくことがある。誰が相手だろうと決闘で手加減するつもりはない。遺書を認《したた》めておくことだ」

そんな捨て台詞を吐いて、ジェロームが今度こそ中央塔に引き上げていく。

一部の騎士たちから悲鳴があがった。アルティーナを女神だと言ってあがめている者たちだ。

言われたアルティーナ本人は、動じている様子はなかった。

「あたしは部下にする者を死なせる気はないけどね」

「……勝てるつもりなんですか？」

ジェロームが引き上げたあと、レジスは声をかけた。もう彼女の面子を傷つけるようなタイミングではないからだ。

「あら、レジス、負けるつもりで決闘する人なんていないでしょ？」

「愛や名誉のために勝てない決闘をする物語は、意外と多いですがね……そんなにも、姫様が愚かだったとは思いませんでした……僕の読み違いだ。最悪です」

レジスは十年ぶんくらい老けこんだ気がした。

――あの《エルシュタインの英雄》と決闘だなんて!!

目眩《めま》いで倒れてしまいそうになる。

彼女は不本意という顔をした。

「愚かだなんて酷いわね。そんなに知らないと恥ずかしいことなわけ？　勝てない決闘をする物語があるって……」

「そっちの話じゃないですよ！　英雄ジェロームに決闘を申し込んだことが愚かだ、と言ってるんです!!」

「だって、他に方法がないじゃない。決闘で勝って、この砦で一番強いのが誰かを証明する。司令官に求められるのは武芸だけじゃないけど、誰よりも強いというのは、わかりやすい――って言ってたから」

「また僕の失言か……」

レジスは、こめかみを指先で押さえた。頭痛で失神するかもしれない。

彼女は状況を理解していないのか？　それとも、なにか策でもあるのか？

その態度には余裕が感じられる。

「失言だなんてことないわ。いい助言だったと思うわよ、レジス」

「……本当に決闘して、勝てると思ってるんですか？」

「当然でしょ！」

胸を張ってアルティーナが断言した。

第四章◆宝剣の轟雷

 砦は決闘の話題で持ちきりとなる。

当然、あのジェローム相手に勝てるわけがない……ならば、どうして皇姫《こうき》は決闘などと言い出したのか？

皇族相手であれば、伯爵が手加減すると思ったのだろうか？

兵士たちが声をひそめて噂話を交わす。

「お祭りの演舞みたいに、剣を何度かぶつけたあと、伯爵が降参すんじゃねえのか？

皇族に刃向かったら死刑とかになるんじゃろ？」

「オメェは、広場でのアレを見てねえから、んなこと思うんさ。久々に将軍のマジギレ見てチビりそうになったたって」

「なぁ、姫様、大丈夫なんかな？」

「嫁にするって言ってんだから、殺しはしねえんじゃねえのか？」

「ヒヒヒ……案外、遠回しな求婚じゃったりしてな！」

「うっひゃっひゃっひゃっ！」

まともな決闘となれば、ジェロームの勝利は揺るがない。兵士たちの関心事は、これが茶番であるのか本気であるのか。もしも、本気であるのなら、ジェロームは皇姫をどうするのか？

決闘の申し込みは〝宮廷育ちで世間知らずな姫様が英雄に嚙みついた〟と見られており、伯爵がどう対処するのか？　勝ったとして本当に嫁にするのかが関心の焦点となっていた。

レジスは西地区を一周し、そこかしこで交わされる噂話を拾い集めた。

「……まぁ、アルティーナが勝つと思ってる人はいないよな」

今回の騒動について、兵士たちの多くは自分たちが脇役で、皇姫と伯爵だけが当事者だと思っているようだが、実際は違う。むしろ、噂話に興じている兵士たちこそが重要なのだ。

兵士たちの信頼を得るためにアルティーナは決闘を申し込み、兵士たちが見ていたからこそジェロームは受けた。

辺境連隊三〇〇〇人の兵士たちが、なにを感じ取るか。

それが焦点だった。

レジスは故意ではなかったとはいえ、アルティーナを焚きつけてしまった責任を感じており、なんとか力になりたいと思っている。そのために、兵士たちの心境を把握しておく必要があった。

だいたいの場所を見て回ってから、レジスは中央塔へと戻る。

そして、ジェロームの私室を訪ねた。

緊張する。心臓が嫌な速さで脈打っていた。

黒塗りのドアを叩く。

「誰だ?」

向こうから低い声が返ってきた。

空唾を呑みこんで。

「……レジスです。ジェローム卿に、お話があって参りました」

「フン……つまらぬ話だろう?」

「それは、そうかもしれませんが……」

「入れ」

ドアを開いた。

レジスの部屋と同じくらいの広さがある。

寝室は隣のようで、奥に扉があった。扉の横に執務机があり、壁際の本棚には法律や経済の本がならんでいる。

ジェロームは部屋の中央におり、練習用の重たくて短い槍を担いでいた。

上半身は裸で、すでに汗が浮かんでいる。

丸い重りが付いているだけとはいえ槍の先を向けられて、レジスは気圧《けお》された。

「……ッ」

「ククク……お嬢ちゃんに言われて毒でも盛りに来たか？」

「そういうことなら、むしろ、クラリスさんに気をつけてください」

「ああ、あいつは恐いな。やりかねん……いい女なのに性格に難がある。もったいないことだ」

「決闘の話ですが……」

「今さら、どうにもならんぞ？」

「……そうですね」

レジスは、ため息をついた。ジェロームが乗り気でなければ、いくつか止《や》めさせる手は考えてあったのだが、実に楽しそうにしている。

さっそく稽古しているくらいだ。

「フッ……ああも真っ直ぐに挑んでくるとは。日々を愚痴と怠惰《たいだ》で浪費しながら、どこぞの大貴族へ嫁ぐ日まで、無為に過ごすような屑だろうと思っていたが……見立て違いだったな」

「無為に過ごしてくれたほうが、僕としては安心できたのですが」

「なんだ？　貴様は、お嬢ちゃんでは、俺に勝てないと考えているわけか？」

「僕だけでなく兵士たちも同じです。勝てると思ってるのは、姫様だけですよ」

ジェロームが首を横に振った。

重たい練習用の槍を水平に払う。腕や胸の筋肉が震え、汗が飛んだ。

「フゥ……違うな」

「……と言いますと？」

「俺も、お嬢ちゃんの実力は甘く見ていない。あの巨大な宝剣が振れる者を侮《あなど》るなど、愚かなことだ」

「なるほど」

油断さえしていないのか、とレジスは内心で嘆息《たんそく》した。

武芸の技量については、正直、どれほど見てもわからない。

そもそも、練習用の重たい槍を振ってすらジェロームの動きは速すぎて、目で追うのもやっとなのだから。

ふんっ、ふんっ、と彼は槍を振りながら話す。

「あの宝剣は、やっかいだぞ……受ければ、槍だろうが、剣だろうが、折られてしまう。戦場ならば替えもあるが、決闘で武器を折られては、負けと言われても仕方ない」

「そうですね」

「お嬢ちゃんが言おうとしてたのも、そのことだろう。あちらは、帝身轟雷ノ四《グラントネール・カトル》を使う気だ」

「ジェローム卿も、かの宝剣にならぶほどの宝槍を持っていると聞いておりますが」

「ああ……しかし、あれは馬上槍でな。徒歩《かち》での決闘となれば使い難さもある」

「馬を出すおつもりは？」

「広場でか？　それも滑稽《こっけい》な話だ。やはり、騎兵は平原で戦ってこそ……よくよく考えてある。一番の宝槍も、我が名馬も使えない。得意の突撃戦でもない。案外、お嬢ちゃんが勝つかもしれんぞ」

「その程度の不利が、結果を左右するとは思えませんせんね」

それどころか、可能性は消えたとさえ感じる。

レジスの考えとしては、これだけ実力差のある戦いの場合、格上であるジェロームをいかに油断させるかが重要であった。酒でも飲んで決闘に臨《のぞ》んでくれれば、あるいは、と。

ところが、むしろ警戒心すら抱いている。

中途半端な負担は、相手を慎重にさせるだけだ。

アルティーナがどういう狙いを持っていたかはわからないが、作戦としては下策だと言わざるをえない。

「オイ、レジス……貴様は、俺が負けたほうがいいんだろう？」

「どうして、そう思うのですか？」

「俺が勝つほうがいいなら、こんなところに来ないで、兵士たちと噂話に興じているだろう。なんの心配もないのだからな。あるいは、大好きな書類仕事でもしているか」

「二つ、訂正します」

「なんだ？」

「僕が望んでいるのは、平和的解決です」

アルティーナが勝利すれば、たしかに彼女の野望は大きく前進するだろう。しかし、ゴールが近いからといって崖に向かって走るようなものだ。

止《と》められないのならば、せめて命綱くらい結んでおくのが、自分の役目であろうと思っている。

「ククク……この最前線に、平和なんぞが転がっているとは思えぬが」

「もう一つの訂正は……僕は書類仕事が好きなわけじゃない、ということですよ。誰のせいで、ここしばらく寝てないと思ってる⁉」

思わず敬語が消えた。

感情を抑えたつもりだったが、歯を見せてしまう。

やや驚いたように目を丸くしたジェロームが、大きな声で笑いだした。

「クハハハッ‼　そうか、そいつは悪かった！　それでは、言い直しておこう――俺の勝利を信じて心配せずに、大嫌いな書類仕事をやっていろ！　俺のためにな！」

「酷い話です」

肩を落とした。

ジェロームが声の調子を変える。低く押し殺して。

「なぁ、レジスよ……貴様は、もう気づいているだろうな？」

「……予算の、お話ですか」

彼が黙ってうなずいた。

レジスは首筋に冷たいものを感じる。

膨大な書類を見ているうちに、あることが見えてきた。

「……文官たちを追い出した本当の目的は……秘密を守れる人間だけで会計をするためですね」

「そういうことだ」

「どうして僕を信用したんです？」

「それは……答える必要などないだろう」

「初めて会ったとき買収しようとしたり、鋤《すき》で脅したりしたのは、そのためですね？」

「どうだかな」

バイルシュミット辺境連隊には、軍部に報告していない予備予算がある。

その使途までは明確になっていないが。

彼の境遇を考えれば、おのずと推測することができた。

ジェロームが唇の端を歪める。

「フッ……この前のこと、書類仕事が忙しいからと後回しになっていたな……」

「直属の上官の件ですか」

「もう、お嬢ちゃんに言わなくていいぞ。三日後の決闘が終わったら、この三文芝居のような関係も終わりだ。貴様は俺の部下になる」

　レジスは苦々しい顔をした。

「僕には、伯爵が気に掛けるような価値はありませんよ」

「自惚《うぬぼ》れるな、貴様はついでだ。肩書きだけの司令官を追い出して、バイルシュミット家に皇族を娶《めと》るという、そんな買い物についてくる……オマケのリンゴだ」

「はぁ……リンゴですか」

　オマケでもなんでも、彼の戦う動機の一端になっているのは、どうにも落ち着かないことだった。

　いずれにしても、伯爵に油断はなく、決闘に向かう強い意志があり、勝利への自信を漲《みなぎ》らせている。

　そして、野心もあるようだ。

　レジスは焦燥感が顔に出ないように苦労した。

　――これは厳しいぞ。アルティーナ、どうして決闘など挑んでしまったんだ？

†

　三日後に何が起きるにせよ、今日やらなくてはならないこともある。

　隊に査察が入ったら、会計の責任者はもちろん、司令官まで監督不行届きとして処罰されることもありえるのだ。肩書きだけの司令官であっても。

隠し事が露見する可能性も高くなる。

ジェロームの私室から戻ったレジスは、急いで書類を書き上げた。

何度か睡魔に襲われ、時間を奪われたものの、どうにか完成させて、封をする。

外へ出る。

太陽は天頂に昇っていた。早朝は曇り空だったのに、よく晴れて雪が溶けそうなほどだった。上着を脱いでもいいくらい暖かい。

南門の前に、人垣ができている。

もう定期便が来ているようだ。

ほくほく顔で手紙を受け取っているのは大半が騎士だった。ほとんどの兵士は文字の読み書きができない。だから手紙を書く習慣もなかった。

「馬車が出るぞ〰〰〰」

カランカランと鐘が鳴らされる。

レジスは駆けだした。

「ま、待った！　その馬車、待ってくれ！　これを運んでくれないと、困る！」

二週間に一度きりの定期便だ。

迷惑顔の配達員に、出発ぎりぎりで書類を手渡した。

「え〜っと……宛先は軍務省ですか？　ダンナ、軍の書類なら、別口の便があるんじゃねえですか？」

「急ぎなんだ。それが届かないと大変なことになる。重大な任務だが、頼む」

「ちょっ⁉　俺たちは、民間の配達屋で、軍人じゃありませんぜ⁉　そんな大切なもの、伝令に運んでもらわねえと」

「ジェローム卿は、書類関係に兵士を使うのが嫌いなんだ。困ったものだよ」

「う～ん、まぁ、軍務省も帝都にあるから運びますがね……」

「助かる」

レジスは彼にチップとしてドゥニエ銅貨一枚を渡した。

配達員が笑顔になって書類を荷箱に収める。

後で必要経費として計上しておこう――と思う貧乏なレジスだった。

定期便の馬車が南門を出て行く。

これで、ようやく、ひと眠りできそうだ。

大きなアクビが出た。

くすくすと笑い声がする。

振り向くと、クラリスが両手で洗濯物の山をかかえて歩いていた。

「お疲れのようですね」

「ああ……書類仕事が忙しいうえ、いろいろと放っておけないことが起きてるからな」

「姫さまのことですか？　心配いりませんよ」

「……今、ちょっと時間あるか？」

「暇そうに見えるなんて、心外です」

唇を尖らせた彼女の両手には、いっぱいの洗濯物。

帝都では洗剤を使って衣服を綺麗にするが、この砦では古式ゆかしい洗濯板を使うのが普通だった。まだまだ洗剤は高級品だ。

「すまない。忙しそうに見えるよ……でも、こんな時間から洗濯なんて珍しいな。早朝からやるものだろ？」

「食堂で使っているテーブルクロスにミルクをこぼしてしまって。すぐ洗わないと、とても臭くなっちゃいます」

「ああ、そういうことか。意外だな、君がこぼしたのか？」

「いいえ。たまたま手が空いていましたから。洗濯をしながらでよければお話を聞きますよ」

「そうしよう。半分、持つよ」

手を差し出すと、クラリスが意地悪そうに笑う。

「大丈夫ですか？」

「いくら僕が非力でも、女の子が持っている洗濯物を半分持つくらいできるさ」

「そうではなく、ミルクがべったりついていますよ？」

「うっ……仕方ない。濡らした布で叩いておく」

「ふふふ……」

クラリスから預けられた布は、それほど濡れてもいなかった。たしかに、牛乳の匂いはするが。

レジスは、彼女と共に洗濯場へと向かう。

使用人の仕事において、炊事《すいじ》と掃除に並んで重要かつ大変なのが、洗濯であった。

兵士たちの住む西地区の一角に、半地下になった場所がある。

土管を通って雪解け水が流れてきて、横並びに十個ほどある洗濯用の台を濡らしている。

まず洗濯物を流れる水にひたす。よく水をなじませ、できるだけ汚れを落としておく。

冷たい水につけたクラリスの白い手が、すぐに赤くなった。

「う……」

「手伝うよ」

「へいきです。姫さまのことを話したいのでしょ？」

「そうだけど……目の前で大変な仕事をしているのに、僕は話してるだけなんて居心地が悪いじゃないか」

「不思議なことを言う人ですね。それが身分というものです」

「だとすれば、手伝いたいことを手伝えるのが、僕の身分じゃないか。えーっと、こうすればいいのかな？」

洗濯物の山から布を一枚取って、クラリスの隣で同じように流水につける。

「うがっ⁉」

痛いほど冷たい。

「仕方ない人ですね……ときどき水から手をあげてください。冷やしすぎると凍傷になりますよ」

「ああ、そうか。君は大丈夫なのか？」

「慣れていますから」

「なるほど」

「朝から大勢で洗濯するときは、そこの釜でお湯を沸かします。そのお湯で手を温めることもできるし、熱湯のほうが汚れも落ちやすいのです」

洗い場の隅に大きな釜があった。

納得だ。そうでもしなければ、何枚もの洗濯物を洗っていられないだろう。

レジスなど一枚目で音《ね》をあげそうだった。

「今日は、お湯を沸かさないのか？」

「ほんの数枚ですから。お話は終わりですか？」

「いや、これからだ……くう～……」

冷えすぎて痛みを感じた指を擦り合わせて、体温を取り戻す。

しかし、放っておいても洗濯物から汚れは落ちない。

水の中で素早く揉み洗いし、すぐ冷水から手を出しては、温めるのを繰りかえした。

「大丈夫ですか？」

「うぅ……アルティーナは、どうして今日になって、決闘だなんて言い出したんだ？」

「時期について深い考えはないでしょう。今朝、思いついたからに違いありません」

「計画性がなさすぎる」

ようやく一枚ぶんのシーツから牛乳の匂いが消えた。

うっすら黄色かったり茶色かったりしたのも、だいぶ白色になった。

「それでも、姫さまなら大丈夫ですよ」

「今さら止《と》めることができないのはわかるが……君がそこまで楽観的だとは思わなかったな」

「レジスさんは、姫さまを信じていないのですか？」

「僕には武芸を見極める才はない。しかし、客観的な事実から考えて、アルティーナの勝つ可能性は、ほとんどない。ろくに実戦経験もない十四歳の少女が勝てる程度なら、もっと早くジェローム卿は戦場で討たれているはずだ」

「なるほど、そういう考え方もありますね」

「他の考え方というのを教えて欲しいものだが……」

クラリスがシーツを冷水からあげる。

びしゃびしゃと水音がした。

「姫さまが〝絶対に大丈夫〟と言っておられましたから♪」

「それは思考の放棄でしかない。〝信じる〟というのは〝決めつける〟ってことじゃないぞ」

「でしたら、どうされるおつもりですか？」

「……まっとうな手段は、残されていないだろうな」

†

慣れない洗濯を終えて、クラリスとわかれたレジスは、自室へと向かった。

足取りがおぼつかないのは睡眠不足のせいか、抱えこんでいる難題のせいか。

中庭で素振りの音がした。

ふと見ると、巨大な斧槍《フォシャール》を振るアルティーナの姿があった。

普通なら両手で扱う長物を片手で持って、小枝でも振るうかのごとく、ぶぉんぶぉんと風を起こしている。

——たしかに、ただの少女でないことは間違いない。

容姿からは想像もつかないような膂力《りょりょく》だった。

見ていると、レジスに気づいたらしい。

笑みを向けられた。

「あら、あなたも振るの？」

「振らない。振れない。僕は自慢じゃないが……」

「持ち上がりもしない？」

「たぶんな」

　レジスは肩をすくめ、アルティーナが苦笑した。

　彼女は素振りを再開する。

「君は……すごいな」

「腕力だけは、昔から自信あるの。ちっちゃい頃から、大人用の剣を振ってたし」

「まぁ、それだけじゃないけど……しかし、ジェローム卿に勝つのは、正直……つまり……難しいんじゃないか、と」

「あたりまえでしょ？　簡単に勝てる相手なら敵国だって苦労してないわ」

「もしかして、なにか策があるのか？　自分から挑戦したくらいだし」

　一縷《いちる》の望みをかけて尋ねてみた。

　不思議そうな顔をされる。

「策って？　決闘なんだから強いほうが勝つでしょ」

「あぐっ……本当に、なにも考えてないのか……勝つために、あれやこれや」

「やあね、バカじゃないんだから」

「考えてあるのか⁉」

「初手は槍が速いでしょ。それを受け流して、あたしの剣は重たいから、体術も入れていかないとね。踏みこんで膝を蹴るのが有効かしら」

がくり、とレジスは頭を落とした。

「なんだそれ……馬鹿正直に真っ向からやりあう気じゃないか……」

「そうしなかったら決闘の意味がないわ。勝つのが目的じゃないんだから」

「え？」

「あたしのほうが強いってことを見せるのが目的でしょ。真っ正面から戦って勝たないと兵士たちから信頼されないわ。もちろん、あなたにもね」

涼しげな顔で、そんなことを言った。

それは正しいと思うが。

「……しかし、無策で勝てる相手じゃないだろう？」

「策で勝っても意味がないのよ」

「う、うむ……」

「妙なこと考えてないでしょうね？」

ジロッと睨まれた。

思わず視線を逸らしてしまう。

「……周りに気づかれず、どうにかする方法くらい、いくらでもあるんだぞ？　ガラスの礫《つぶて》とか、光を集めて目眩ましとか、地面に細工するとか」

小声で言ったら――

風が鳴った。

ズガン！　とレジスの足元に、巨大な斧槍が叩きつけられる。地面に深々と突き刺さった。

「冗談じゃないわ！」

「お、おい、アルティーナ⁉」

「あ……ごめん。ちょっと、熱くなりやすいかも、今……」

うつむいて謝罪する少女に、自分のほうこそ――とレジスは返した。

「すまない。気持ちを乱すつもりはなかった」

「うん、わかってる」

「君が正々堂々と戦いたいと思うのは理解できる。しかし、目指しているものは無数の勝利の先にしかない。ときには夜道を歩くことも必要になるんじゃないか？」

やはり、十四歳の少女には厳しいのかもしれない。

第四皇女であるアルティーナには、事実上、継承の可能性がない。皇帝になるというならば、それは簒奪《さんだつ》だ。

清廉ゆえの志は、血と泥にまみれることを善しとしないだろう。

彼女には明るい道しか見えていない。

ならば、自分が汚れ役を買って出ることも――

レジスは拳を握る。

白く小さな手が重ねられた。

「え……？」

素振りで熱を帯びた指先が、レジスの肌をなでる。

アルティーナがすぐ傍に来ていた。

顔をあげると、美しい紅色の瞳が近くに。

「あたしのことを心配してくれているの、わかってるつもり。あなたが、いろいろなことを知ってるのも」

「し、心配はしてる……でも、たいしたことは知らないよ……」

「策を巡らせるのが、悪いことだとは思ってないわ。でも、正々堂々と勝たなければいけないときもある」

「……今回が、そうだと？」

「ええ、そうでしょう？」

レジスは目を閉じた。

記憶にある幾多の本を巡り、その知識を引き出す。

けれども、使わないことに決めた。

「ここで、僕が策を弄《ろう》して決闘に勝たせたら……君は、自分の進むべき道の正しさを見失ってしまう。道に迷った者に支配されるほど悲惨なことはない」

「えっと……難しいことは、よくわからないけど、あたしの直感なの。正々堂々と勝つわ！」

「君を信じていいものか……」

「信じさせてみせるから、待ってなさい！」

レジスの握った手に、アルティーナが拳を当てた。

こつん、と。

古来からの友情を示す仕草に、レジスはうなずきで返した。

少なくとも勝たせるための策は、今の彼女には無用どころか害悪になるだろう。

だからといって、何もしないわけにはいかないのだが。

†

レジスは眠たい目をこすりながら、士官食堂へ顔を出した。

しかし、用のある相手はおらず、次に厩舎《きゅうしゃ》へ。

うろうろしていると、ちょうど捜していた相手が、大きな声で話しかけてきた。

「おお、レジス殿！」

「ここにおられましたか、エヴラールさん……」

「ちと話がある！」

「それは……姫様のことですか？」

「ぬ？　決闘のことか？　ワッハッハッ！　いずれはやるじゃろうと思っておったが、あそこで言うとは思わなんだな！　ちょいとばかり驚いたわい！」

「予想してたんですか⁉」

「あんな宙ぶらりんが続いたら、どうにかするじゃろ」

「ええ……」

「であれば、剣をもって雌雄《しゆう》を決する他にはあるまいが！」

レジスは頭を抱えた。

つまり、アルティーナの思考というのは、この筋肉ダルマな騎士団長殿と大差ないというわけだ。

少なくとも剣を握ったときには。

頭が痛かった。

いや、だからこそ、彼女は軍師としてレジスを必要としてくれているわけだが。

「なんてことだ……雌雄なら、もう決してるでしょうに……」

「ワッハッハッ！　レジス殿はうまいこと言うわい。さすが軍師じゃな！」

「違いますよ。僕は軍師なんかじゃありません」

「ほほう？　野盗討伐のとき、見事な作戦を立てていたではないか」

「いや、あれは……姫様に頼まれて知っていたことを説明しただけで……僕には作戦を立てる能力なんてありませんよ……」

「いいではないか。余人の持たぬ知識で役に立つ。おおいに結構じゃ！」

「はぁ……」

しかし、重要な局面で知識がなかったら？　そういうときこそ、本物の叡智《えいち》を備えた軍師が必要ではないのか？

今のように。

バァンッ！　とエヴラールが強く背中を叩いてきた。眠気が飛ぶほどの強烈さ。

「痛《い》ッ⁉」

「お主のおかげで助けられた命もある！」

「は……？」

「ワシの孫がな！　テネゼ侯爵の貴族軍にいたんだが、あの敗戦で難を逃れたそうだ」

「まぁ、奇襲を受けて本陣は全滅しましたが、主力のほとんどは逃げ延びていますから。僕のおかげってことはないと思いますが……」

「追いすがる蛮族から、命からがら逃げ延びてのことじゃろ？」

「そうですね」

「うちの孫は、お主が本陣から後方に下げられたとき、一緒に下げられた予備兵力のなかにいたらしい」

「ああ、そういう部隊もありましたね」

「結果として潰走することなく、むしろ、逃げる味方を助ける側にまわったと言っておった」

レジスは、当時のことを思い出す。

辛い記憶ではあるのだが。

「……敵襲に気づいた直後、まず本陣から火の手があがったんです……だから、助けに行くのではなく追撃に備えるよう提案を……仕方なかった」

「謙遜《けんそん》するな。本陣を潰《と》され無秩序な敗走となった軍勢が全滅を免れたのは、予備兵力を使って蛮族の追撃を止めたレジス・オーリック五等文官の采配によるところが大きい、と」

「采配だなんて……予備兵力にも上級の武官がいて、実際に行動したのは彼らですよ」

「ここに書いてあるぞ？」

エヴラールが手紙を差し出してきた。

受け取る。

彼の孫とは思えぬ丁寧な文字で、そのようなことがしたためられていた。

テネゼ侯爵の貴族軍が敗走したとき、レジスの働きで救われたこと。

また大勢の味方を救えたこと。

そのレジスが本陣唯一の生き残りとして責任を取らされる形で辺境に左遷《させん》された、と最近、知ったこと。

だから――

「レジス殿に恩返しするために、ワシの孫はこの連隊を志願したらしい。うむ！　それもまた生き方じゃな」

「ばかな！　この連隊の生存率は、余所《よそ》よりはマシだが……それでも最前線では帝都の十倍は死んでる。志願するなんてありえない」

「その死地において、お主を守りたいと孫は思っておるんじゃろ」

「……僕には、そんな価値はない」

「ワッハッハッ！　妙なことを言うではないか。人が命をかける理由なぞ、当人にしかわからんことじゃて！」

エヴラールの言うことは正しいのだろう、と思う。

しかし、レジスには大勢の命を助けた自覚がないし、自分に守られる価値があるとも思っていない。

戸惑うばかりだった。

「エヴラールさんは、納得できるんですか？　僕なんかのために、お孫さんが危険な任地を志願するなんて」

「それが、あやつの意志であれば、仕方あるまい」

「僕に守る価値がありますか⁉」

「フム……ワシはそういうことを口に出さんタチでなぁ」

にんまり、とエヴラールが笑う。

レジスは真意がわからず、首をかしげた。

「……つまり？」

「つまり、無為に孫を死なせるような男であれば、その責めは我が斧槍《フォシャール》によって語れるであろうということじゃ！」

「めちゃめちゃ怒ってるじゃないですか⁉」

「オコッテナイゾ」

「片言になってる⁉」

以前の部隊のことで、感謝してくれた者がいるなら、それは喜ばしいことだが。

おかげで、寿命が短くなっている気がして仕方がないレジスだった。

遠回りした話を元に戻す。

「……そ、それはともかくですね……姫様のことなんですが」

「うん？」

「勝てると思いますか？」

「十合も保てば上出来ではないか？」

エヴラールの見立てでは、十回斬り合ううちにジェロームが勝つ、ということだ。

やはり、それくらい実力差があるのだろう。

「……騎士道に反するかもしれませんが……姫様の命綱になってはもらえませんか？」

「ぬ？　詳しく聞こうかのぅ」

†

三日後――

もうすぐ正午の鐘が鳴る。

広場には、すでに多くの兵士たちが輪になっていた。

朝から雪が降っており、これで風が強くなれば吹雪《ふぶき》という天候だ。

悪天順延はないようだが。

レジスは、アルティーナの寝室を訪れていた。

先日のようなハプニングはなく、彼女は静かに時を待っている。ドレスに腕甲《わんこう》や脚甲《きゃくこう》や胸甲《きょうこう》までつけた姿で、豪華な意匠のイスに腰掛けていた。

テーブルには紅茶が一式、置いてある。

「顔色が悪いわよ、レジス？」

「心労で倒れたら君のせいだからな、アルティーナ」

「あなたが決闘するわけじゃないんだから、もうちょっと気楽にしてたら？」

「本当に勝てるつもりなのか？　あの《エルシュタインの英雄》に」

「当然！　と何度も言ってるけど、勝って見せないと信用されないわよね」

「分《ぶ》の悪い賭けを……」

彼女が立ちあがる。

レジスよりも頭ひとつぶん小さいのに、まるで見上げるような気分になった。

「安穏《あんのん》とした場所にいて自分ではなにひとつ動かず、皇帝になれるの？」

「それは無理だろう……しかし、リスクマネージメントというものがあってな……」

「勝ち取らなければいけないものは、無数にあるのよ」

「君は焦りすぎてる」

「どうしても、あなたは、あたしのことを信じられないのね」

アルティーナが寂しそうに笑った。

言葉に詰まる。

——自分だけでもアルティーナの勝利を信じるべきなのか？

レジスは首を横に振った。

「感情に流されて判断を誤れば、かけがえのないものを失うことになる。もう僕は同じ失敗を繰りかえすわけにはいかない」

テネゼ侯爵を思い出す。

三度目の進言をしなかったことは、一生、忘れられないだろう。貴族のプライドを見抜けなかったことも。

知識は持っているだけでは意味がなかった。

身に沁《し》みている。

「あたしを止《と》める？　もしかして、今、連れて逃げるとか？　ちょっぴりロマンチックかも」

「無理だな。それも考えたが、君はジェローム卿が警戒するほどの実力者だ。騒《さわ》ぎを起こさず連れ出すのは不可能だよ。自発的に逃げてくれるなら、そもそも決闘を止めているだろう」

「そうね。現実ってロマンチックじゃないわよね」

「負けたときは、そういうことも考えているが……」

アルティーナが眉をひそめた。

「そういうことって？」

「僕がジェローム卿の気を引く。その間に、とある騎士と一緒に砦を出てくれ。今は名前を明かさないが……」

勝手に敗北したときの逃げる手筈を整えていたことに、彼女が怒り出すかもしれないと考えていたが。

意外にも笑いだした。

お腹を押さえて大きな声をあげて笑う。

「や、やだ……あはは……レ、レジスってば、ひっどいわね～!!　あははは！　あたしが絶対に負けると思って！　うわ〜、そこまで⁉」

「すまないとは思ってる。しかし、私情と客観的な評価は別だ。最悪の事態を回避するために最大限に準備するのが……」

「あははっ、そうね！　そういう人だから、あたしは必要としたのだったわ。軍師として冷静な判断ってやつよね」

「軍師どうこうじゃない。僕は……その……なんなんだ、僕は？」

五等文官の職分は、はるかに逸脱している。

では、友人として？

いつの間に、司令官で皇姫であるアルティーナと友人になったのか？　愛称を許されたくらいで勘違いとは愚かにも程がある。

レジスは悩み、黙りこんだ。

アルティーナは笑いすぎて肩で息をしていた。

喘《あえ》ぎ声まじりに。

「はぁ、はぁ……決闘前に……はぁ……笑い死ぬかと思ったわ。まさか、負けたあとの逃げる準備まで……あは……ひどすぎっ」

「言い訳はしない。僕は、君の勝利を信じることができていない」

レジスは改めて本心を打ち明けた。

彼女は怒りもせず、うなずく。

「わかってる。無条件に勝利を信じてくれる人なら、もう近くにいるの」

「クラリスさんか……」

「うん。けれども、そうじゃない人が必要なのよ。あたしの目指しているところに辿り着くためには」

「それが、僕だと？」

「今回のことでも確信を持てたわ。そして、あなたの信頼を得るためにも、あたしは、この決闘に負けられない」

アルティーナがジェロームに決闘を挑んだのは、連隊において信頼を得るためだ。

その中には、レジスも含まれている。

「……僕の態度次第では、決闘を申し込まなかった？」

「ん～、そうかも？」

「うっ……」

心労が三割増しになった。

アルティーナが手を伸ばしてくる。

レジスの左胸。

心臓のうえに触れた。

「ん？」

「あたしは、皇帝になる……その望みが潰《つい》えたなら、命はないものと思ってるわ。参謀《さんぼう》となる人にも命を懸けてもらうことになるでしょう」

どういった手段を取るにせよ、失敗したとき責を負うのが彼女だけではないことは、間違いない。

アルティーナが手を置いている心臓が、脈を速めた。

言葉が続く。

「軍師として望むということは、命を懸けてもらうのを望むということ」

「ああ……」

レジスとて、それはわかっている。

だからこそ躊躇《ちゅうちょ》しているのも確かだ。

「あなたの命を求めるのだから、あたしも命を賭けるのが当然でしょ。玉座に座っているだけで忠誠心を得られると思うような愚かな王になりたくないの」

アルティーナの手が、胸から上がってきて、首筋をなで、頬をなでる。

ひんやりと、冷たかった。

「その目で見てて。信じさせてあげるわ、あたしのこと……そうしたら、あの夜のこと、考えて」

「……僕が自分を信じられないぶん、君が僕を信じる。だから、僕は君を信じろ、と」

彼女はうなずいて、手を離した。

そして、壁に立て掛けてある巨大な宝剣へと伸ばす。

しっかりと摑む。

「そろそろ、時間よね」

†

人垣の輪の中心で、アルティーナとジェロームが対峙した。

二人の距離は十歩ほど。

足下には雪が積もり、視界も白くけぶって悪い。もう吹雪と言ってもいいくらいだ。

アルティーナはドレスに腕甲脚甲の姿。

彼女の手には、帝身轟雷ノ四《グラントネール・カトル》が握られている。

小柄な少女には不釣り合いな、巨大な剣だった。

一方のジェロームは鎧を着けず、黒色のシャツに、軍服のズボンという普段着のような格好だった。

そして、歩兵が樹海で使うような短めの槍を持っている。二七Pa《パルム》（二〇〇cm）くらいの長さだろうか。ほぼ大剣と同じだ。

両者を取り囲む人垣のなかで、レジスは見守っている。その隣に、鎧姿のエヴラールがやってきた。

「落ち着いとるのぅ、どちらも」

「そうですね……準備は？」

「大丈夫じゃ、馬車にはクラリス嬢が先に」

「ありがとうございます」

後《あと》のことについての話は、それだけで済んだ。

エヴラールが顎髭をなでる。

「伯爵は思い切ったな。軽い剣で速さを取るでもなく、長槍でリーチを取るでもなく、あえて不利を選んだか」

「僕は、剣や槍の立ち会いは、ぜんぜんわかりませんが……あの短い槍は不利なんですか？」

「軽くも長くもなく、受ければ折られる」

「まさか、負けたあとの言い訳……ってことはないですよね？」

「自分で持ってきておいて、言い訳にはなるまいよ。逆じゃろうな」

「姫様に言い訳させないためですか」

「うむ！　姫様が勝った後に言い訳を許さぬよう、あれこれ条件を出したり三日も待ったりしたのと同じように、伯爵のほうも不利な武器で、言い訳無用としたわけじゃ――始まるぞ」

「……ッ‼」

決闘の開始を告げるかのように、正午の鐘が鳴らされた。

甲高い鉄の音。

大方の予想では若い皇姫が斬りかかり、伯爵がいなす流れになると思われていたが。

「オオオォォォォォ～～～～～～～～!!」

雄叫びをあげて先に動いたのはジェロームだった。

雪を蹴立てて走る。

アルティーナは動かない。あるいは、動けないのか？

十歩の距離を一息で詰めた伯爵が、槍を突き出してきた。

「セイッ！」

初手で決まるか――!?　と兵士たちが目を瞠《みは》る。

「そんなんでっ!!」

アルティーナが気を吐いた。

向かってくる槍の穂先に対して、宝剣の平《ひら》を合わせる。

ジェロームがうめいた。

金属の悲鳴。

少女の肩口へと向かっていた槍が逸らされた。

エヴラールが感嘆をもらす。

「ぬおぉ……ただの槍では傷もつかぬとは！」

「精霊銀《トリスティ》か」

レジスはつぶやいた。

宝剣は精霊銀により作られている。建国戦争の時代、炎帝《アンペルーフラム》が精霊より授かったという伝説があった。

実際のところは天然の合金であろう――というのが研究者たちの見解である。何種類かの金属を溶かすことで、ただの鉄よりも強い素材が作れることは、この時代での常識となっている。

ただし、精霊銀に匹敵する合金は発見されておらず、精霊の加護であると信じる者がいるのも確かだった。

巨大な宝剣は、小柄なアルティーナにとって盾にもなる。

必殺の突きを防がれ、ジェロームが体勢を立て直そうと槍を引いた。それよりも前に、少女の脚が振られる。

鈍い音。

「ぐっ……⁉」

強烈な蹴りが、ジェロームの膝裏を打つ。

巨漢が姿勢を崩した。

少女は叫ぶ。

「まじめにやりなさいよ、ジェローム！」

「ぬおっ⁉」

真横に振られた巨大な宝剣の一撃。触れてもいないのに地面の雪を散らし、剣圧は囲んでいる兵士たちのところまで届くほどだった。

ジェロームは地面を転がって、難を逃れる。

受けていれば、槍ごと胴体を砕かれていたかもしれない。

見ている兵士たちは、予想外の展開に、ざわめき立っていた。

まさか、皇姫の剣を伯爵が、地面を転がり、雪まみれ土まみれになって逃れるなど、誰も想像すらしていなかったのだ。

「……もしかすると、か、勝てるのか？」

レジスの胸に湧きあがった期待感を、エヴラールが制する。

「ここからじゃ！」

仕切り直して距離を取ったジェロームの表情には、まだ笑みがあった。

「甘いな、お嬢ちゃん。今ので仕留めなかったこと……後悔するぞ？」

「あたしの目的は、あなたより強いと示すことであって、部下の胴体を引き裂くことではないのよ」

「そんな手加減をする余裕があるのか？」

「あなたこそ、あたしの肩を狙ったじゃない。殺してしまっては娶《めと》ることができないから？」

「ククク……そういう考えがないでもない」

「本気できなさいよね！」

「フッ、面白い！」

今度は双方が同時に間合いを詰めた。

ジェロームの連続した突きを、アルティーナが大剣でもって弾く。

巨大な鉄の塊が、細い腕でもって、木の枝のように素早く振られる姿は、まるで不出来な演劇でも見せられているかのように現実感がなかった。

次第にアルティーナが斬撃を繰り出し、ジェロームが受け流すということが増えてくる。

押している⁉

兵士たちから、どよめきが湧きあがる。

エヴラールが腕を震わせていた。

「おおお……姫様の実力、ここまでであったとは……まさに、女神！」

「勝てそうですか？」

「ぬ⁉　う～む……たしかに、伯爵の突きには遠慮がある。姫様を気遣ってのことかもしれぬが。なにより、大剣で弾かれるとき、自分から力を逃がさねば折られてしまうからじゃ。逆に宝剣の斬撃を防ぐには、受け流さねばならん」

「受け止めたら、折れてしまうから？」

「そうじゃ。攻めも受けも槍を守らねばならんから、どうしても勢いは姫様にあるよう見ているうちに、今度はジェロームが攻めて、アルティーナが防ぐことのほうが多くなってきた。

「え？　それは……？」

「姫様が男でないのが無念でならん」

「それでも勝てない、と？」

に見えるがのぅ」

彼のほうには、まだ余裕がある。ときおり槍を回し、その健在ぶりを見せつける。

対して、アルティーナのほうは肩で息をしていた。

体力が足りない。

大剣を振り回す力はあっても、巨漢で歴戦の英雄であるジェロームと同じだけの時間は戦えない。

重たくなった剣の動きでは、素早い槍の突きを防ぎきれなかった。

ドレスの端を槍の穂先がかすめる。

ジェロームのほうも、相変わらず一歩間違えれば得物を折られる薄氷を渡るような戦いをしているはずだが――じわじわと、いたぶっているようにも見える光景だった。

ドレスが破れ、肩口があらわになってしまう。

白い肌に、うっすら血が滲んだ。

「はぁ……はぁ……」

「やるじゃないか？　もうすこし早くバテると思っていたぞ、お嬢ちゃん」

「すこし息があがったくらいで、降参しないわよ」

「フッ、認めてやろう。ここまで俺と打ち合える者は、この砦には多くない。まして、その若さだ。三年後には、いい剣士になるだろう」

「はぁ、はぁ……剣士として？　頭でも打ったのかしら？　あたしの望みは、司令官として認めてもらうことよ」

「それだけ強ければ、お嬢ちゃんの命令とて、今までよりは通るだろう。俺ほどではないが、副司令ってところだな」

「そう……だったら……やめるわけにはいかないでしょ！」

アルティーナが大剣を振りかぶる。

雪を蹴って進んだ。

振り下ろす。

「いやあああああぁぁぁぁぁぁぁぁぁぁぁ～～～～～～～～～～～～～～～～!!」

「やれやれ……欲張りは損をするぞ？」

宝剣が大地を砕いた。

白く雪煙があがる。

落雷でもあったかのような轟音が響いた。

その一撃をかわしてジェロームは槍を突き出す。

「セイッ‼」

「ていぃぃ、やっ！」

地面をえぐった剣を跳ね上げる。

狙いは、突いてきた槍。

大剣が槍を砕く直前、ジェロームが得物ごと身を引いてしまった。

空振り。

読まれていたのか。

残った体力を注ぎこんだ一撃をかわされて、アルティーナが足元をふらつかせる。

その隙は見逃されない。横殴りに槍の打撃が来た！

よけきれず、左腕を打たれる。吹っ飛んだ。

「あぐっ⁉」

少女の上腕を覆う甲が砕け散った。

レジスは身を乗り出す。

「アルティーナ⁉」

思わず叫んでいた。

少女が雪のうえを派手に転がる。勝負あったか――と思われたが、彼女は剣から手を離すこともなく。

すぐさま立ちあがった。

「はぁ……はぁ……はぁ……くっ……はぁ……」

炎を宿したような紅玉《こうぎょく》の瞳が、相手を睨みつける。

左上腕からは血がこぼれてドレスの袖や腕甲を赤く染めていた。

だらり、と左の腕が脱力している。

骨折したか。あるいは、痛みで麻痺しているか。

大剣を握っているのは右手だけ。

もう戦うのは無理に見える。それなのに、彼女の表情にはあきらめの色がない。

距離を取ったジェロームが槍を地面に突いて、構えを解いた。油断こそしていないが、問いかける。

「まだ続けるのか？」

「当然でしょ……はぁ……あたしは、あきらめるわけには、いかない……」

「片腕になっているのに？」

「あなたは……んく……戦場で、片腕が動かないくらいで……はぁ……あきらめちゃうわけ？」

「フッ、見上げた気迫だ。しかし、司令官になってどうする？　お嬢ちゃんに辺境連隊三〇〇〇人の命が背負えるのか？」

「はぁ……はぁ……その覚悟もなく、決闘を挑んだと思われてるなんて……んくっ……ばかにしてるわ。あたしは、この国だって背負ってみせる！」

アルティーナが右手だけで大剣を掲げた。

その姿に、かつて帝身轟雷ノ四《グラントネール・カトル》を片手で振り回したという炎帝の伝説を思い出したのは、レジスだけではなかっただろう。

兵士たちがどよめく。

しかし、ジェロームは槍を構えなかった。

代わりに言葉を投げつける。

槍の刺突にも匹敵する強烈な問いかけを――

「素人の小娘が……俺より的確な指揮ができるというのか？　気合いの話ではないぞ。その技術があるのかを訊いている！　ひとつの間違いが何百何千の兵士を無駄死にさせるんだ。わかっているのか⁉」

「……ッ⁉」

痛みと疲労で肉体は限界を超え、精神力で保っているようなアルティーナに、ここで揺さぶりをかけてくるとは！

少女の紅い瞳が揺れる。

視線が人垣を彷徨い、そして、ある一点を見つめた。

ジェロームも、その視線を追って目を向ける。

周りで見ていた兵士たちも同じだ。大勢の視線が集まってくる。隣にいたエヴラールまでが。

広場にいる、ほぼ全ての人たちが見つめた。

重圧に押し潰されそうだ。

人の視線には圧力があると感じる。

周囲の騒がしい声が、どこか遠くへと消えていった。

レジスは胸を押さえる。

心臓の音ばかりが、やけに耳にうるさい。

どうして、こんなことになった？

なぜ？

――そうか、あの夜だ。アルティーナが信じてくれると言ったとき、それを否定しなかったから。そのせいで！　彼女は、自分のような役立たずのために！

こんな状況は知らない。

わからない。

読んだことがない。

ほら見たことか、僕はなにもできない。

息をするのも難しいほどだ。

このまま気を失うのではないか。

朦朧《もうろう》とする意識のなかで、レジスはアルティーナを見た。

彼女の唇が動く。

周りのざわめきで、声は聞こえなかったが、それは、はっきりと目に映った。

シ・ン・ジ・テ・ル

「しょうがない、お姫様だよ、まったく……」

レジスは前に踏み出した。

雪が足下で鳴る。

ああ、ほんとうに——

「……君、そういうのは〝信じてる〟って言わないんだ。思考の放棄であり、決めつけであり、根拠のない期待でしかない。確たる理由のない願望の押しつけが、個人の行動を左右して、分不相応の挑戦に駆り立て、幾多の悲劇を産んできた歴史があるというのに、嘆かわしい」

ため息まじりに、うめくように、絞り出すように、言う。

「本当に、嘆かわしい……僕も、その分不相応な挑戦をしようというのだから。自分の愚かさに涙が出るよ」

レジスは兵士たちの輪の中から一人、抜け出していた。

アルティーナの傍らにまで、歩み寄る。

かすれるような声で彼女が笑った。

「ありがとう、レジス」

「……まだ早い」

殺気を放つジェロームが、地の底から響くような声で迎える。

「なにしに出てきた？　貴様は隅に転がっているオマケのリンゴ役だぞ」

「申し訳ないが、伯爵には端役でも、ある人にとっては別らしい……約束しよう、僕が補佐をする。姫様が決闘に勝ったなら、このレジス・オーリックが、軍師となる！」

――軍師⁉

兵士たちの間に驚きが広がっていく。

レジスの能力は野盗の一件で認められており、全幅の信頼こそないものの無能と蔑《さげす》む者もいなかった。

五等文官という軍階級の低さを疑問視する声もあったが、多数派ではない。そもそも、階級は皇姫が一番上なのだから。

ジェロームが槍の穂先をレジスへと向けてくる。

「できるのか？　覇気のない勇気のない意気のない貴様に⁉」

「……た、たしかに、僕は自分を信じることができない。自信はない。けれども、こんな僕を信じると言ってくれた人がいる。その人が信じてくれているうちは、やってみようと思う」

これほどの決意を見せられて、あれこれ言い訳をして拒否できるほど、レジスは神経が太くなかった。

アルティーナの背中を押してしまったのは、意図したものではなかったけれど、その志に協力したいという気持ちは本物だ。

「……僕は軍師をやる。なにより、姫様が決闘に勝利したなら、ジェローム卿も配下になると約束しているのだから、上積みはあっても用兵の質が落ちるということはないだろう？」

「むっ……相変わらず舌ばかり回る奴だ。話はわかった。失《う》せろ、まだ決着はついていない」

「わかった」

ゆっくりとレジスは、二人から離れて輪へと戻った。

再びジェロームが槍を構える。

「フンッ、休憩時間は終わりだぜ、お嬢ちゃん」

「なにそれ？　あたしが時間稼ぎをしたわけでも休憩を頼んだわけでもないわ。あなたが勝手に言い出したことよ、指揮がどうこうなんて」

「そうだな。こういう流れは予想外だった……俺なりに平和的解決というやつを考えてみたんだが……もう四の五の言うまい。お嬢ちゃんには意志と覚悟があり、オマケ程度の参謀もいる。連隊の司令官たる器だと認めよう。しかし、俺とて負けるわけにはいかないのだ！」

「もとより、この決闘で示したいのは、意志でも覚悟でもない……あたしの実力よ！」

「叩き潰してくれる!!」

互いに叫んだ。

大気が震えるほどの威圧感。

少しくらい休んでも、やはりアルティーナの左腕は、力なく垂れたままだ。

右手だけで大剣を振りあげた。

彼女のほうから仕掛ける。

「てやあああぁぁぁぁぁぁぁぁぁぁぁ～～～～～～～～～～～～～～～～～～～～～～!!」

裂帛《れっぱく》の気合い。

剣を落とす勢いを横薙《よこなぎ》の斬撃へと変化させる。腰の高さで、深く踏みこんだ。

受け流しにくく、避けにくい一撃。

ジェロームがうなずいた。

「そうだろう、それしかあるまい。もう小器用に振るう力は残っていないのだからな」

胴を薙ぎ払うかに見えた斬撃だった。

しかし、伯爵は超人的な跳躍をしてみせる。

斬撃を飛び越えた。

かがんで避けたなら、あるいは剣の重みを使って下へと斬撃を曲げることができたかもしれない。

しかし、上に飛ばれては、重たい武器だけに難しかった。

空を斬った大剣に引っ張られて、アルティーナの体が半回転する。相手に無防備な背を向けてしまった。

勝負あった――と大半の者たちが思っただろう。

兵士だけでなく、ジェロームもだ。

あとは、首筋にでも槍をつきつけて決闘は幕切れ。そう考え、一瞬、動作が止まる。

反転したアルティーナの動きは、そのまま続いていた。

「あぁぁぁぁぁぁぁぁぁぁ～～～～～～～～～～～～～～～～～～～～～～～～～～～～‼」

「なん……だとッ⁉」

空振った大剣が、一周して再び横薙ぎの斬撃として向かっていく。

しかも、先ほどより速かった。

充分に加速の乗った剣が、相手の脇腹へと迫る。

ジェロームが歯を食いしばった。

「チィィイッ‼」

槍に傾斜をつけて構え、斬撃を受け流す。

今までにない悲鳴のような金属音。

槍を削りながら、大剣はジェロームから逸れていく。逸れていく。

アルティーナの右腕が軋んだ。

捻りこむ。

「砕け散れぇぇぇぇぇぇぇぇぇぇぇ〰〰〰〰〰〰〰〰〰〰〰〰〰〰〰〰〰〰‼」

大剣は、槍を、砕くことができなかった。

滑る。

ひときわ大きな音がして、槍の穂先が砕けて落ちた。

それでも、まだ武器として使える。

今度こそアルティーナはバランスを崩して、地面に倒れこむ。

顔からつっぷした。

雪が飛び散る。

ジェロームが穂先のなくなった槍を両手で持ち上げた。

あとは、振り下ろして、彼女の頭上で寸止めする。そのはずだ。倒れ伏した少女に打ちこんだりはするまい。

兵士たちが固唾を呑んで見守る。

そのとき——

掲げられた槍が、乾いた音をたてた。折れてしまう。

ジェロームの手のなかで、それは枯れ枝のごとく、もろくも割れてしまった。

「なッ…………⁉」

絶句した。

彼だけではない。見ていた者たち全員が声を失った。

ジェロームの手に残ったのは、短剣ほどの長さになった棒が二本だけ。それでも戦えないことはないはずだが。

しかし、槍は折られたのだ。

アルティーナは雪のなかに倒れ伏していた。

「ふぅ……ふぅ……うぅぅ……」

どうにか起きあがろうとするが、左腕は動かず、右手には体を支えるだけの力さえ残っていない。

足も肩も震え、もう重厚な大剣を持ち上げることなどできないだろう。

兵士たちが、まばたきもせず見つめる。

ジェロームは折れた槍を――


投げ捨てた。


「ふぅ……尋常《じんじょう》な決闘にて得物を折られた。これ以上の負けが、どこにあろうか？」

敗北を認める言葉に、兵士たちがざわめきはじめる。

将軍が負けた？

姫が勝ったのか？

驚愕と動揺が広がってく。

雪のなかで倒れているアルティーナは、この状況を理解できただろうか。

エヴラールが念を押すように尋ねる。

「では、ジェローム様……姫様の勝ちでよろしいのですな？」

「くどい」

伯爵の言葉に、騎士団長が深々と頭をさげた。

誰も予想していなかった幕切れに、囲んでいた兵士たちから悲鳴や叫び声があがる。

歓声をあげる者もいた。

砦が揺れるような大騒ぎだ。

レジスは急いでアルティーナのところへ駆け寄った。

「姫様、あなたの勝ちです。さあ、立ってください……ここが肝心なんです！」

「ううぅ……」

彼女はうなずいた。

体力は限界を超えている。

左肩の出血は、まだ止まっている。

それでも、ここで倒れてしまっては決闘の意味がなくなるのだ。

アルティーナが起きあがる。

「はぁ……はぁ……そうね……負けたジェローム卿が立ってるのに……くっ……勝った

あたしが、倒れてたら……笑い話に、なっちゃうものね」

「……」

レジスは無言でうなずく。

彼女の強い意志と努力に胸が熱くなるのを感じた。

信じるのが遅くはなったが、決闘の最中に、自分の気持ちを表明したことは間違いではなかった。この少女を信じよう。

信じ続けよう。

レジスは熱を持った目元をぬぐった。

アルティーナが立ちあがる。細くて白い指を伸ばし、天へと掲げた。

それは、美しく静かな勝利の宣言だった。

周囲の騒ぎが一段と大きくなる。

激しい喧噪《けんそう》のなか、すぐそばにいるアルティーナが、レジスに声をかけてきた。

「ねぇ……」

「ん？」

彼女が震える右手を伸ばしてきて、レジスは肩をつかまれる。

「どお？　あたしのこと、信じる気になったでしょ？」

うなずく。

もう迷うことはない。

「……ああ、僕は君を信じよう。約束する」

「うん、約束ね」

アルティーナが満面の笑みを浮かべる。

晴れやかな春のような表情だった。

†

決闘の熱が醒めやらぬ広場は、ときならぬ祭りのようであった。

騒ぎは収まる気配がない。

そこに、天から鐘の音が降ってきた。

神秘の類ではない。

砦で一番高い見張りの塔――

その鐘が、何度も何度も打ち鳴らされる。

兵士たちは啞然として、最初はなにが意味されているのかわからなかった。

広場の喧噪が静まるにつれ、見張り台からの声が聞こえてくる。

「敵襲〰〰〰!!　敵襲だ〰〰〰!!　北の斜面に、蛮族だ――――ッ!!」

吹雪に乗じて蛮族《ばんぞく》が攻めてきた⁉

動揺と緊張が伝播《でんぱ》する。

兵士たちが、咄嗟《とっさ》にジェロームのほうを見た。

レジスは叫ぶ。

「伯爵！」

関係を変えるには、この瞬間しかない。ここで立場の変化を示せなければ、彼女の命を賭《と》した決闘が無駄《むだ》になる。

「……案ずるな……わかっている」

ジェロームがアルティーナの前へと歩いてくる。

雪のうえに膝をついた。

「姫、敵です！　ご指示を！」

唖然として見ていた兵士たちだったが……

あわてて彼に倣《なら》う。

アルティーナを中心として、次々と兵士たちが膝をつき、頭を下げる。波紋が水面に広がっていくように。

兵士たちの気持ちが変わったのが、伝わってきた。

少女の決意は実を結んだのだ。

膝をつく者たちのなかには、エヴラールの姿もあった。にんまりとした笑顔で。

傅《かしず》かれた当のアルティーナはもう体力の限界にきていた。脚が震えており、レジスの肩をつかんだままなのは、離すと倒れてしまいそうだからだ。

レジスは耳打ちした。

彼女はうなずくと、教えたとおりに指示を出す。

「ジェローム卿に命ずる。騎兵一〇〇を第一陣として率い、敵軍を迎え撃て。敵兵力を見定め、可能ならば戦線を構築せよ……敵が多勢であれば無事に帰還することを任務とする！」

「応ッ‼」

うなずいて将軍が立ちあがった。

「お前ら、出陣の命令が出たぞ、馬を引け！　俺の槍を持ってこい！　ぐずぐずしてる塵は首をへし折るぞ！」

ジェロームの声に、兵士たちも追従する。

——成功だ。

皇姫の新しい立場を示すことができた。

レジスは崩れ落ちそうなアルティーナの背に手を当てて、支える。

「がんばれ、もう少しだ……中央塔まで歩けるな？」

「と、当然……」

決闘に負けたジェロームが出陣で、皇姫が担架で運ばれるなんて構図は避けたいところだった。

ここは意地の張りどころだ。

エヴラールが足早に寄ってくる。

「姫様を医務室にお連れせんでいいのか？」

「医務室だと格好がつかない……着替えと称して寝室へ。軍医を呼んで手当してもらいます」

「なるほどのぅ」

「あ、宝剣を持ってきてもらわないと……」

「それは、ワシの部下に命じておこう」

「ありがとうございます——敵は吹雪に乗じての奇襲で、そう多くはないはず。こちらの応戦が早かったから、うまくすれば第一陣だけで追い返せると思いますが……」

「ワシはどうする？」

「エヴラールさんは第二陣として準備してください。騎兵二〇〇で、まず待機」

「待機？　用意できても出てはいかんのか？」

「戦線が固まるか、第一陣が逃げを打つか、あるいは混戦になってしまうか……とにかく状況が見えてから出陣します。そうしないと先行している部隊が混乱するので」

「なるほど、了解した。任せてもらおう！」

エヴラールが騎士たちを集める。

第三陣として歩兵も用意させる必要があった。砦の防備は、今さら命じる必要はないだろう。

本当なら、この辺境連隊の戦い方を熟知しているジェロームに意見を聞きたかったが、周りに立場を示すため、あえて出陣を命じるしかなかった。

今回の判断は政治的な色が強い。

軍略的な最善手は、砦に籠もって迎え撃ち、敵勢力を見定めてから準備万端な部隊で反撃する流れだ。

やはり、実戦は教科書やチェスのようにはいかない。

ジェローム率いる第一陣が、正門から出て行った。

武器を手にした兵士たちが持ち場へと走る。

宝剣を運ぶよう指示された騎士たちが、足早に中央塔へと入っていった。

ゆっくり歩いているのは、傷ついたアルティーナと、それを支えているレジスだけ。

彼女がかすれ声で言う。

「あたし、大丈夫……だから……レジスは指揮に専念を……」

顔色が悪いのは疲労か、冷えか、出血のせいか。

レジスは全力で余裕の笑みを作った。

どうにか安心させようと、虚勢を張る。

「問題ないぞ、アルティーナ。これくらいの状況なら、いくらでも知ってるから。僕に任せておけば大丈夫だ」

「……自信ありそう、ね」

「当然だ」

「似合わない」

「あ、ああ……」

簡単に見透かされてしまった。

自分には役者の才能もないらしい。

やれやれ、とレジスは思う。

「まぁ、たしかに、部隊を把握する時間が欲しかったな。攻めてきた蛮族の規模を見定めてから出陣させたかったし……だけど、敵が正門に矢を届かせる前にジェローム卿を出したのは、そう悪い対応ではなかったはずだ。この奇襲は追い返すことができると思う。どうにかなるよ……たぶん」

「そう、よかった」

「君こそ大丈夫なのか？」

「へいき。へいきよ……ねぇ、レジス……」

「ん？」

「ありがとう。決闘で問われたとき、軍師を引き受けるって言ってくれて……嬉しかった」

「礼をするならこっちのほうだ。ずっと言いたかった……アルティーナ、ありがとう、僕を信じてくれて」

重々しい音を立てて正門が開かれる。

第二陣の突撃ラッパが吹き鳴らされた。雄叫びがあがる。

レジスはアルティーナと共に、戦いに赴《おもむ》く兵士たちを見つめていた。

つづく

覇剣の皇姫アルティーナの世界

通貨 currency

帝国歴八五十年のベルガリア帝国では、リーブル金貨、ソル銀貨、ドゥニエ銅貨の三種類の貨幣が流通していた。紙幣は存在しない。

リーブル金貨とドゥニエ銅貨は、現在の日本で流通する十円玉と同じくらいの大きさで、ソル銀貨は五百円玉くらいの大きさであった。

価値は、一リーブル＝二〇ソル＝二四〇ドゥニエと決められていたが、混乱する時期もあった。

六十年前、占領した土地から大量に銀が取れたため、銀の価値が暴落。深刻な貨幣危機に陥った。商務省は相場安定化のため、ソル銀貨の流通量を制限している。

機械による造幣は、その直後から行われている。銀貨の制限により、銅貨の製造が手作りでは追いつかなくなったため導入された。

当初は失敗品も多かったが、この時代には重さも形も均一な精度の高い硬貨が作られている。

物価は、一ドゥニエで、リンゴが一カゴ（三〜四個）、卵が一個買える。パンなら一日ぶん。ビールなら一杯。

平民の一週間の生活費は五〇ドゥニエほど。

労働者の週給は一〇〇ドゥニエなので、贅沢をしなければ貯金することもできた。

ちなみに、レジス五等文官の週給は二〇〇ドゥニエで意外と高給取りだが、彼の愛好する書籍は、帝都で二〇ドゥニエ。辺境では二〇〇ドゥニエもする。

帝国には社会保障も保険もないため、ケガや病気や結婚に備えて、たいていの者は預金をしていた。

また、給料を故郷へ送金する者もいた。

そうした銀行の役割を担っているのは教会である。

戦地だろうが田舎だろうが国中にあり、給与を預けられるほど信用でき、貴族の横暴に対抗できる力を持った組織は、この時代には教会しかなかった。

照明
lighting

この時代のベルガリア帝国では、四種類の照明が使われていた。

最も優れているのはガス灯で、明るく、安定して、煤《すす》も少ない。ただし、ガス燃料は扱いが難しく、帝都の一部でしか見られなかった。たとえば宮廷の広間など。

次に優れているのがオイルランプで、帝国内では最も普及している。瓶に入った灯油に芯がひたしてあるというシンプルな構造で、屋内の照明だけでなく、歩行者の持つカンテラや、馬車の前照灯にも幅広く利用された。

オイルランプ

蝋燭《ろうそく》は暗く、火が揺れやすく、煤が多い。

しかし、オイルランプの燃料となる灯油は産地が限られ、輸送にリスクが伴うため、地方都市では蝋燭が一般的であった。

ベルガリア帝国で使われているのは、蜜蝋である。ミツバチの巣を形作っている蝋が原料で、蜂の巣を茹でて溶かして、不純物を取り除いて作られる。

普及品は不純物の残留が多く、たいてい黄土色であった。

不純物のない白い蝋は高級品であり、手紙の封や、調度品の素材や、化粧品として用いられる。また、教会の儀式では白蝋燭として使われた。

戦場では、油にひたした小枝や藁を束ねた松明《たいまつ》が使用された。

明るくて、火が消えにくく、落としても壊れないといった利点がある。

反面、とうてい屋内では使えないほど煤が出るうえ、火の粉が飛ぶので火災の危険もある。

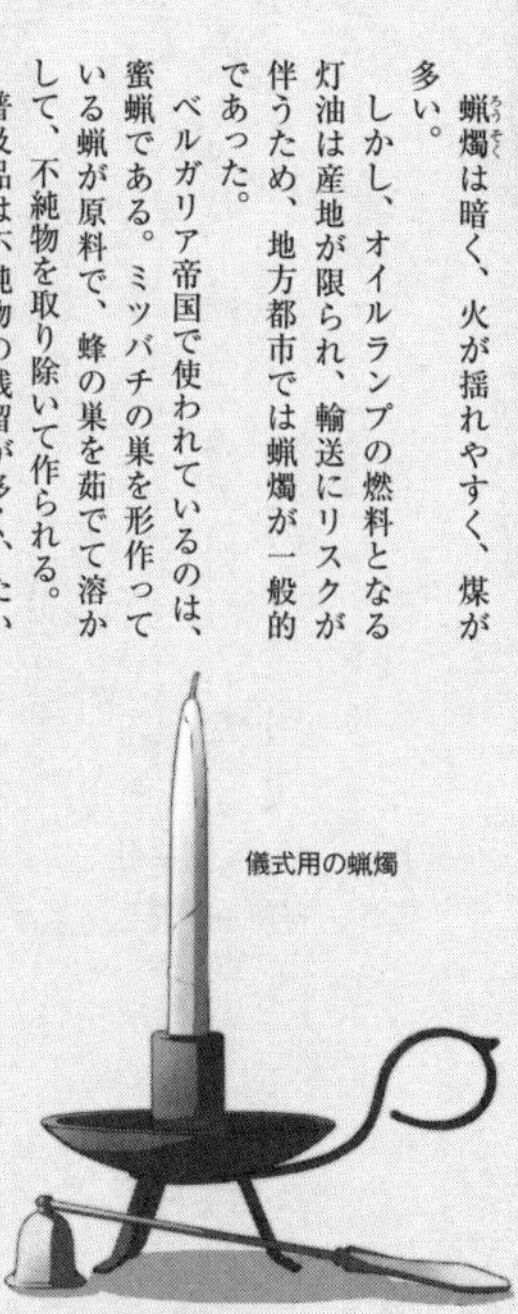

儀式用の蝋燭

灯火の着火には火口箱《ほくちばこ》が使われた。

これらの灯火を使うことができたのは、平均以上の家庭であり、使用人や貧困層は、月明かり以上の照明を持たなかった。

まだ電気は科学者たちの研究対象であり、発電機は実用段階にない。電灯の登場は百年以上も先である。

あとがき

『覇剣《はけん》の皇姫《こうき》アルティーナ』を読んでいただき、ありがとうございました。

ファミ通文庫では初めての刊行となります『むらさきゆきや』です。

皇姫なのにおしとやかさと無縁のアルティーナと、軍人にもかかわらず剣術も乗馬も苦手な読書狂のレジスの物語、いかがだったでしょうか？

楽しんでいただけたなら幸いです。

本作は中世末期の欧州をモチーフとした架空世界を舞台としています。

帝国にはモデルにしている国があり、読んでみて気付かれた方もいらっしゃるとは思いますが……この作品はフィクションであり、実在の人物、団体、歴史などにはいっさい関係ありません――ということでお願いします。

架空世界で剣や騎士が出てきますから、本作はファンタジーというジャンルになると思うのですが、魔法も魔物も出てきません。

壁のスイッチを押すと照明がつくような便利さはなく……灯りはオイルランプや蠟燭《ろうそく》に頼っています。

物流は徒歩と馬車に支えられ、辺境では一部の物品の価格が跳ね上がります。

使用人たちは一日の大半を炊飯《すいはん》と掃除に使い、洗濯はお湯で手を温めながら流水のなかで衣服を石に叩きつけて汚れを落とします。

本作はそんな世界の物語です。


この巻では、アルティーナとレジスの出会いと、二人の結びつきが深まるエピソードを描きました。

よろしければ、感想をいただけると嬉しいです。送り先は、あとがきの後のページに。

あるいは、著者サイトにてアンケートを実施中です。

URL　↓　http://murasakiyukiya.net/

そして、まだ確定はしておりませんが、次巻をお届けできる予定です。

大望へと歩み始めたアルティーナと、覚悟を決めたレジスの仲は、より深まりつつも、新たな問題を抱えることに。

蛮族との戦いで指揮を執るレジス。ところが、予想外の強敵に前線を突破され、その身に凶刃が迫る――⁉

あくまでも予定でありますが……無謀にも予告してみました。


謝辞――

イラストレーターのhimesuz先生、清々しさのある綺麗なイラストを描いてくださいまして、ありがとうございました。物語世界の空気が感じられるような絵が大好きです。

担当編集の和田様、なにかと相談に乗っていただき、ありがとうございました。おかげで、作品を形にすることができました。

ファミ通文庫編集部の皆様と、関係者の方々。

お手伝いしてくれた、ＨＳくん。

支えてくれている家族と友人たち。

そして、ここまで読んでくださった貴方に最大限の感謝を。

ありがとうございました。

むらさきゆきや

発刊おめでとうございます!!
挿絵を担当させていただきました himesuzと申します。
どうぞよろしくお願いします!!
鎧外したアルティーナさんとかもいっぱい描けたらよいです!!
himesuz

■ご意見、ご感想をお寄せください。
ファンレターの宛て先
〒102-8431　東京都千代田区三番町6-1　エンターブレイン ファミ通文庫編集部
むらさきゆきや先生　　himesuz先生
■ファミ通文庫の最新情報はこちらで。
FBonline　http://www.enterbrain.co.jp/fb/
■本書の内容・不良交換についてのお問い合わせ。
エンターブレイン カスタマーサポート　0570-060-555
(受付時間 土日祝日を除く 12:00〜17:00)
メールアドレス：support@ml.enterbrain.co.jp　※メールの場合は、商品名をご明記ください。

FBファミ通文庫

覇《は》剣《けん》の皇《こう》姫《き》アルティーナ

む1
1-1
1178

2012年11月9日　初版発行
2013年12月3日　第6刷発行

著　者　むらさきゆきや
発行人　青柳昌行
編集人　青柳昌行
発　行　株式会社KADOKAWA
〒102-8177 東京都千代田区富士見2-13-3
電話 03-3238-8521(営業)　URL:http://www.kadokawa.co.jp/
企画・制作　エンターブレイン
〒102-8431 東京都千代田区三番町6-1
電話 0570-060-555(ナビダイヤル)
編　集　ファミ通文庫編集部
担　当　和田寛正
デザイン　西野英樹、植田汐理(AFTERGLOW)
写植・製版　株式会社ワイズファクトリー
印　刷　凸版印刷株式会社

定価はカバーに表示してあります。

ISBN978-4-04-728460-9 C0193

龍ヶ嬢七々々の埋蔵金3

著者／鳳乃一真
イラスト／赤りんご

既刊 龍ヶ嬢七々々の埋蔵金1～2

えんため大賞"大賞"受賞作第3弾!

俺と七々々《ななな》ちゃんを訪ねてきた戦場《いくさば》なる男は、冒険部の元部長にしてこの部屋の元住人だった……七々々ちゃんとの関係が気になる！　しかも後輩のゆんちゃんを監視している？　なぜだ!?　そしてなぜ天災《てんさい》は黒猫パジャマで俺の部屋に引き籠ってやがるんだ!?

犬とハサミは使いよう5

既刊 1～4巻 好評発売中！

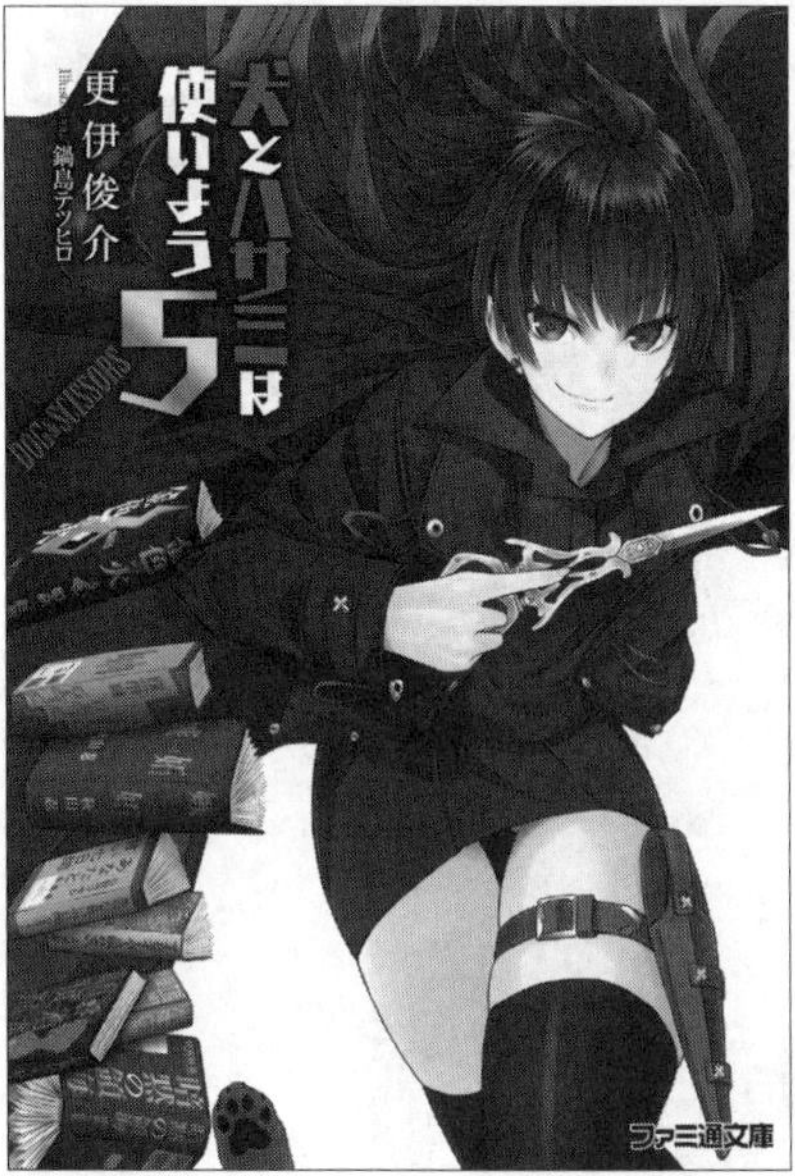

著者／更伊俊介
イラスト／鍋島テツヒロ

夏野死す!?　不条理コメディ第5弾!!

秋山忍《あきやましのぶ》と秋月《あきづき》マキシ渾身の作品を「同じ」と切り捨てた異形《いぎょう》の作家、姫萩紅葉《ひめはぎもみじ》。彼女に会うため、とある孤島に乗り込んだ俺たちの前に立ち塞がったのは——大量の罠と“箒”を構える最恐メイド!?　そして夏野《なつの》とはぐれた俺たちに驚愕の言葉が告げられる。「あの女なら、死んだよ」

ファミ通文庫
発行/エンタープレイン

もちろんでございます、お嬢様1

著者／竹岡葉月
イラスト／りいちゅ

負けて、犬になりました。

生まれ持った『天恵《てんけい》』でお国のために戦うことを夢見ていた鬼島九郎《キジマクロウ》。しかしニッポンは敗北！　現実を受け入れられない九郎だが、アングリア人御用達の『マグノリア・ホテル』にコンシェルジュとして雇われることに──!?　決して「ノー」とは言えないラブコメ、麗しく開幕！

ゆとりガジェット

1 一之瀬ゆとりのヒロシヒーロー化計画始動！

著者／月本 一
イラスト／himesuz

悪（架空の）と戦う、電波系妄想発明ラブコメディ！

「君に、正義のヒーローになってほしいの」俺の前に突如、現れた謎の発明少女・一之瀬《いちのせ》ゆとり。俺は一之瀬の陰謀によって言いなりにならざるをえない状況に――。で、何すりゃいいの？悪の組織に対抗するための発明品『ゆとりガジェット』の実験台？　それ絶対ヤバい!!

ファミ通文庫
発行／エンターブレイン

マブラヴ オルタネイティヴ トータル・イクリプス
5 蠱主《こしゅ》の細瓮《ささべ》

既刊
1 朧月の衛士／2 宿命の動輪／3 虚耗の檻穽
4 懺業の戦野

著者／吉宗鋼紀
イラスト／ｉｘｔｌ

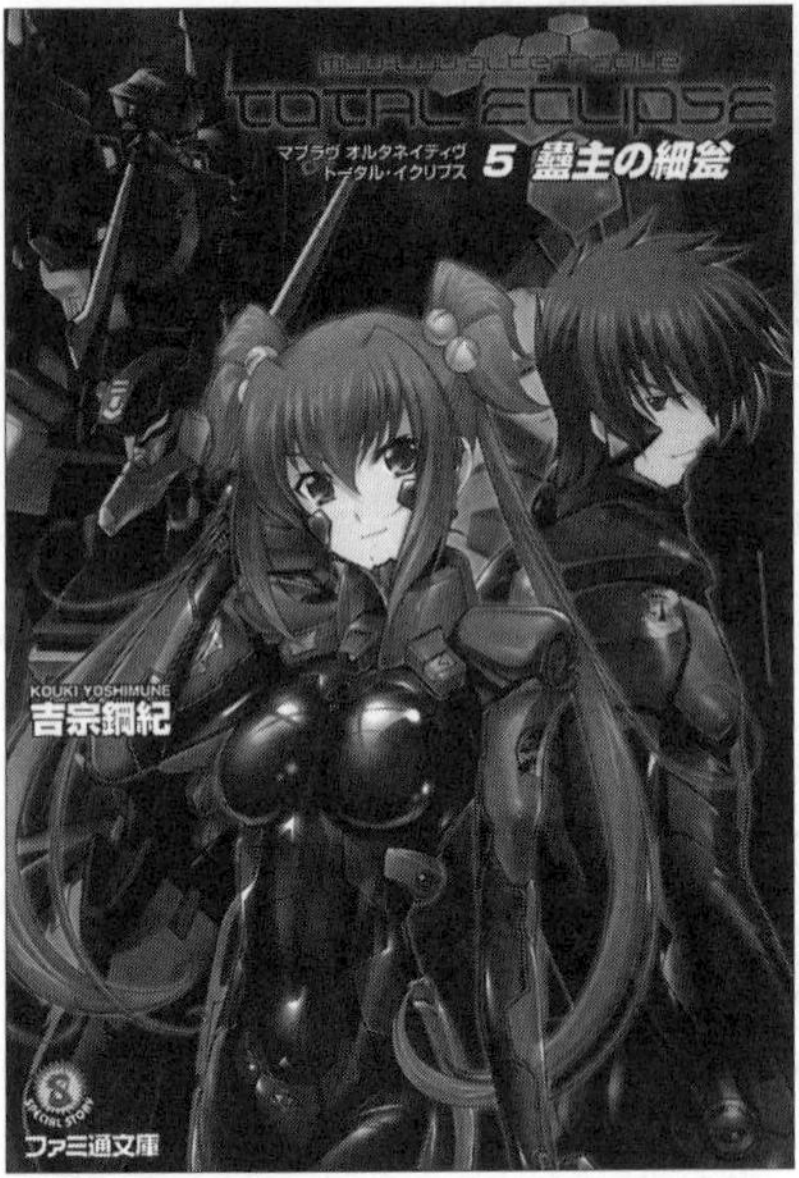

新章開幕！　舞台は再びアラスカへ

ユウヤは新生不知火・弐型と伴に各国対抗戦術機AH《対人類》戦闘・ブルーフラッグに臨む。立ち塞がる崔亦菲《ツイ・イーフエイ》を始めとするライバルたち。しかもこの対抗戦の成績には『XFJ計画』の命運もかかって……。『マブラヴ　オルタネイティヴ』からスピンアウトしたオリジナルストーリー第5巻！

ファミ通文庫
発行/エンターブレイン